国学经典诵读

诗经楚辞选

陶运清　选编

中州古籍出版社
·郑州·

图书在版编目(CIP)数据

诗经楚辞选 / 陶运清选编. — 郑州：中州古籍出版社，2015.5
(国学经典诵读)
ISBN 978-7-5348-4972-5

Ⅰ.①诗… Ⅱ.①陶… Ⅲ.①汉语拼音-少儿读物 Ⅳ.①H125.4

中国版本图书馆CIP数据核字(2014)第219465号

出版社：中州古籍出版社
　　　（地址：郑州市经五路66号　邮政编码：450002）
发行单位：新华书店
承印单位：河北鹏润印刷有限公司
开本：710mm×1000mm　1/16　　印张：13.5
版次：2015年5月第1版　　　　印次：2017年2月第2次印刷

定价：22.00元
本书如有印装质量问题,由承印厂负责调换。

致 读 者

夏衍先生的《种子的力量》，想必不少人读过。植物的种子发芽时能将人的头盖骨完整地分开，其力量之大令人惊叹。具备一定科学常识的我们不难明白，种子这种超凡的生命力其实源自它的生物基因。

植物种子的生命力取决于它的生物基因，而人类文明的生命力无疑取决于它的文化基因。

当我们以自家母语毫无隔阂地阅读这段文字时，古巴比伦的空中花园早成幻影，古埃及仅残留着光秃秃的石塔，古印度文明更已灰飞烟灭逾三千年了。世所公认的四大文明，唯有我泱泱中华文明以其无双的生命力傲立至今，并且愈加浩浩然龙马精神。

我们不禁肃然起敬而油然发问，其中的奥妙何在？——习近平同志指出："博大精深的中华优秀传统文化是我们在世界文化激荡中站稳脚跟的根基"，"要从弘扬优秀传统文化中寻找精气神"。诚然，这奥秘即在于中华文明的文化基因，尤其是优秀的传统文化。

"指穷于为薪，火传也，不知其尽也。"文明的火种在于传承，传承之大业必启于童蒙。孩子是文明的火种，是文化传承的发轫所在。

于是，有了我们这套丛书。参照传统童蒙教育读本，结合现

代少年儿童的实际情况，我社用心编选出国学经典中的要妙原典，萃聚成编；注以拼音，并邀请演播善手精心朗诵，运用新兴的MPR（多媒体印刷读物）数字技术，打造出这套新式的国学读本。"轴心时代"文明精华之《周易》《论语》《老子》《庄子》，"风骚"万古的《诗经》《楚辞》，发蒙百代的《千字文》《三字经》《百家姓》《龙文鞭影》，各盛其朝的唐诗、宋词、元曲，俱入本丛书。

"蒙以养正，圣功也！"

古代中国人传习经典，小则为"修身立命"，至于"学优而仕，光宗耀祖"；大则为"治国平天下"，至于"为往圣继绝学，为万世开太平"。而今我们学习经典，不仅可以追溯自己生而为中国人的文化基因，更可以从中汲取我中华先人的生存智慧，为我们开拓广阔的人生与民族未来提供源源不断的精神力量。

"文王既没，文不在兹乎？"党的十八大对这一文化问题作出了战略部署，强调要"建设优秀传统文化传承体系，弘扬中华优秀传统文化"。

编选这套丛书，传承的使命和光大的愿景不禁使我们想起百年前，正值中华民族危亡之际，梁任公先生饱含热忱的《少年中国说》。如今，睡狮已醒，我中华民族正再次雄起于世界东方，我们这些出版人更其热切地希望自己编选的这套丛书能帮助"少年中国"之"中国少年"茁壮成长。

"美哉我少年中国，与天不老！壮哉我中国少年，与国无疆！"吾其勉哉！

中州古籍出版社编辑部
2015 年 4 月

目 录

诗经选

国风 …………………………………… 001
  周南 …………………………………… 001
    关雎 …………………………………… 001
    葛覃 …………………………………… 002
    卷耳 …………………………………… 002
    桃夭 …………………………………… 003
    兔罝 …………………………………… 004
    芣苢 …………………………………… 004
    汉广 …………………………………… 005
  召南 …………………………………… 006
    采蘩 …………………………………… 006
    草虫 …………………………………… 007
    采蘋 …………………………………… 008
    殷其雷 ………………………………… 008
    摽有梅 ………………………………… 009

江有汜	010
野有死麕	010

邶风 ······ 011

柏舟	011
绿衣	012
燕燕	013
击鼓	014
凯风	015
谷风	015
式微	017
简兮	017
北门	018
静女	019
新台	020

鄘风 ······ 020

柏舟	020
墙有茨	021
君子偕老	022
相鼠	023
载驰	023

卫风 ······ 024

淇奥	024

硕人 …………………………………… 025

　　氓 ……………………………………… 026

　　竹竿 …………………………………… 028

　　河广 …………………………………… 029

　　伯兮 …………………………………… 029

　　木瓜 …………………………………… 030

王风 ……………………………………… 031

　　黍离 …………………………………… 031

　　君子于役 ……………………………… 032

　　君子阳阳 ……………………………… 032

　　葛藟 …………………………………… 033

　　采葛 …………………………………… 033

郑风 ……………………………………… 034

　　缁衣 …………………………………… 034

　　将仲子 ………………………………… 035

　　大叔于田 ……………………………… 036

　　女曰鸡鸣 ……………………………… 037

　　有女同车 ……………………………… 037

　　山有扶苏 ……………………………… 038

　　萚兮 …………………………………… 038

　　风雨 …………………………………… 039

　　子衿 …………………………………… 039

出其东门 …………………………………………… 040

野有蔓草 …………………………………………… 040

溱洧 ………………………………………………… 041

齐风 …………………………………………………… 042

鸡鸣 ………………………………………………… 042

东方未明 …………………………………………… 042

南山 ………………………………………………… 043

卢令 ………………………………………………… 044

猗嗟 ………………………………………………… 044

魏风 …………………………………………………… 045

葛屦 ………………………………………………… 045

园有桃 ……………………………………………… 046

陟岵 ………………………………………………… 046

十亩之间 …………………………………………… 047

伐檀 ………………………………………………… 048

硕鼠 ………………………………………………… 049

唐风 …………………………………………………… 050

蟋蟀 ………………………………………………… 050

山有枢 ……………………………………………… 051

椒聊 ………………………………………………… 052

绸缪 ………………………………………………… 052

鸨羽 ………………………………………………… 053

葛生 …………………………………………… 054
秦风 ………………………………………………… 055
　　蒹葭 …………………………………………… 055
　　黄鸟 …………………………………………… 056
　　无衣 …………………………………………… 057
陈风 ………………………………………………… 058
　　宛丘 …………………………………………… 058
　　东门之枌 ……………………………………… 058
　　衡门 …………………………………………… 059
　　月出 …………………………………………… 060
桧风 ………………………………………………… 061
　　隰有苌楚 ……………………………………… 061
　　匪风 …………………………………………… 061
曹风 ………………………………………………… 062
　　蜉蝣 …………………………………………… 062
　　鸤鸠 …………………………………………… 063
豳风 ………………………………………………… 064
　　七月 …………………………………………… 064
　　东山 …………………………………………… 067
　　伐柯 …………………………………………… 068

小雅 ……………………………………………… 069

鹿鸣之什 ………………………………………… 069
 鹿鸣 ……………………………………………… 069
 皇皇者华 ………………………………………… 070
 常棣 ……………………………………………… 071
 伐木 ……………………………………………… 072
 采薇 ……………………………………………… 073

白华之什 ………………………………………… 075
 鱼丽 ……………………………………………… 075

南有嘉鱼之什 …………………………………… 076
 南有嘉鱼 ………………………………………… 076
 南山有台 ………………………………………… 077
 蓼萧 ……………………………………………… 078
 菁菁者莪 ………………………………………… 078
 车攻 ……………………………………………… 079

鸿雁之什 ………………………………………… 081
 鸿雁 ……………………………………………… 081
 庭燎 ……………………………………………… 081
 沔水 ……………………………………………… 082
 鹤鸣 ……………………………………………… 083
 白驹 ……………………………………………… 083
 斯干 ……………………………………………… 084

节南山之什 ……………………………………… 086

节南山 …………………………………… 086
　　正月 ……………………………………… 088
　　雨无正 …………………………………… 091
　　巷伯 ……………………………………… 093
　谷风之什 …………………………………… 094
　　谷风 ……………………………………… 094
　　蓼莪 ……………………………………… 095
　　北山 ……………………………………… 096
　甫田之什 …………………………………… 097
　　甫田 ……………………………………… 097
　　大田 ……………………………………… 099
　　裳裳者华 ………………………………… 100
　　鸳鸯 ……………………………………… 101
　　车舝 ……………………………………… 101
　　青蝇 ……………………………………… 102
　鱼藻之什 …………………………………… 103
　　隰桑 ……………………………………… 103
　　瓠叶 ……………………………………… 104
　　何草不黄 ………………………………… 105

大雅 ………………………………………… 106
　文王之什 …………………………………… 106

文王 …… 106
　　大明 …… 108
　　绵 …… 109
生民之什 …… 111
　　生民 …… 111
　　既醉 …… 113
　　公刘 …… 115
荡之什 …… 116
　　崧高 …… 116

周颂 …… 119

清庙之什 …… 119
　　清庙 …… 119
　　维天之命 …… 119
　　天作 …… 120
臣工之什 …… 120
　　臣工 …… 120
　　噫嘻 …… 121
　　振鹭 …… 121
闵予小子之什 …… 122
　　载芟 …… 122
　　良耜 …… 123

鲁颂 ………………………………………… 124
   驷 ……………………………………………… 124

商颂 ………………………………………… 125
   玄鸟 …………………………………………… 125

楚辞选

离骚 ………………………………… 屈原 127
九歌 ………………………………… 屈原 141
   东皇太一 ……………………………………… 141
   云中君 ………………………………………… 142
   湘君 …………………………………………… 142
   湘夫人 ………………………………………… 144
   大司命 ………………………………………… 146
   少司命 ………………………………………… 147
   东君 …………………………………………… 148
   河伯 …………………………………………… 149
   山鬼 …………………………………………… 150
   国殇 …………………………………………… 151

礼魂 ……………………………………… 152
九章 ……………………………………… 屈原 153
　　惜诵 ……………………………………… 153
　　涉江 ……………………………………… 156
　　哀郢 ……………………………………… 159
　　抽思 ……………………………………… 161
　　怀沙 ……………………………………… 165
　　思美人 …………………………………… 167
　　惜往日 …………………………………… 170
　　橘颂 ……………………………………… 173
　　悲回风 …………………………………… 174
卜居 ……………………………………… 屈原 178
渔父 ……………………………………… 屈原 180
九辩 ……………………………………… 宋玉 182
招魂 ……………………………………… 屈原 192

诗经选 shī jīng xuǎn

国风 guó fēng

【周南】 zhōu nán

关雎 guān jū

关关雎鸠，在河之洲。窈窕淑女，君子好逑。

参差荇菜，左右流之。窈窕淑女，寤寐求之。求之不得，寤寐思服。悠哉悠哉，辗转反侧。

参差荇菜，左右采之。窈窕淑女，

琴瑟友之。参差荇菜,左右芼之。窈窕淑女,钟鼓乐之。

葛覃

葛之覃兮,施于中谷,维叶萋萋。黄鸟于飞,集于灌木,其鸣喈喈。

葛之覃兮,施于中谷,维叶莫莫。是刈是濩,为绤为绤,服之无斁。

言告师氏,言告言归。薄污我私,薄浣我衣。害浣害否,归宁父母。

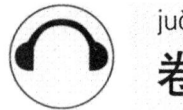
卷耳

采采卷耳,不盈顷筐。嗟我怀人,

寘彼周行。

陟彼崔嵬，我马虺隤。我姑酌彼金罍，维以不永怀。

陟彼高冈，我马玄黄。我姑酌彼兕觥，维以不永伤。

陟彼砠矣，我马瘏矣，我仆痡矣，云何吁矣！

桃夭

桃之夭夭，灼灼其华。之子于归，宜其室家。

桃之夭夭，有蕡其实。之子于归，宜其家室。

桃之夭夭，其叶蓁蓁。之子于归，
宜其家人。

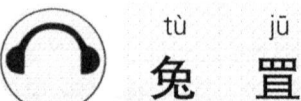
兔罝

肃肃兔罝，椓之丁丁。赳赳武夫，
公侯干城。

肃肃兔罝，施于中逵。赳赳武夫，
公侯好仇。

肃肃兔罝，施于中林。赳赳武夫，
公侯腹心。

芣苢

采采芣苢，薄言采之。采采芣苢，

薄言有之。采采芣苢，薄言掇之。采采芣苢，薄言捋之。采采芣苢，薄言袺之。采采芣苢，薄言襭之。

汉广

南有乔木，不可休思。汉有游女，不可求思。汉之广矣，不可泳思。江之永矣，不可方思。

翘翘错薪，言刈其楚。之子于归，言秣其马。汉之广矣，不可泳思。江之永矣，不可方思。

翘翘错薪，言刈其蒌。之子于归，言秣其驹。汉之广矣，不可泳思。江之永矣，不可方思。

【召南】

 采蘩

于以采蘩？于沼于沚。于以用之？公侯之事。

于以采蘩？于涧之中。于以用之？公侯之宫。

被之僮僮，夙夜在公。被之祁祁，薄言还归。

草虫

喓喓草虫,趯趯阜螽。未见君子,忧心忡忡。亦既见止,亦既觏止,我心则降。

陟彼南山,言采其蕨。未见君子,忧心惙惙。亦既见止,亦既觏止,我心则说。

陟彼南山,言采其薇。未见君子,我心伤悲。亦既见止,亦既觏止,我心则夷。

采蘋

于以采蘋?南涧之滨。于以采藻?于彼行潦。

于以盛之?维筐及筥。于以湘之?维锜及釜。

于以奠之?宗室牖下。谁其尸之?有齐季女。

殷其雷

殷其雷,在南山之阳。何斯违斯,莫敢或遑?振振君子,归哉归哉!

殷其雷,在南山之侧。何斯违斯,

莫敢遑息？振振君子，归哉归哉！

殷其雷，在南山之下。何斯违斯，

莫或遑处？振振君子，归哉归哉！

摽有梅

摽有梅，其实七兮。求我庶士，迨其吉兮。

摽有梅，其实三兮。求我庶士，迨其今兮。

摽有梅，顷筐墍之。求我庶士，迨其谓之。

江有汜 jiāng yǒu sì

江有汜，之子归，不我以。不我以，
其后也悔。

江有渚，之子归，不我与。不我与，
其后也处。

江有沱，之子归，不我过。不我过，
其啸也歌。

野有死麕 yě yǒu sǐ jūn

野有死麕，白茅包之。有女怀春，
吉士诱之。

林有朴樕，野有死鹿。白茅纯束，

有女如玉。

舒而脱脱兮,无感我帨兮,无使尨也吠。

【邶风】

柏舟

泛彼柏舟,亦泛其流。耿耿不寐,如有隐忧。微我无酒,以敖以游。

我心匪鉴,不可以茹。亦有兄弟,不可以据。薄言往诉,逢彼之怒。

我心匪石,不可转也。我心匪席,不可卷也。威仪棣棣,不可选也。

忧心悄悄，愠于群小。觏闵既多，受侮不少。静言思之，寤辟有摽。

日居月诸，胡迭而微？心之忧矣，如匪浣衣。静言思之，不能奋飞。

绿衣

绿兮衣兮，绿衣黄里。心之忧矣，曷维其已！

绿兮衣兮，绿衣黄裳。心之忧矣，曷维其亡！

绿兮丝兮，女所治兮。我思古人，俾无訧兮！

绤兮绤兮，凄其以风。我思古人，实

huò wǒ xīn
获我心!

燕燕

燕燕于飞,差池其羽。之子于归,
远送于野。瞻望弗及,泣涕如雨。
燕燕于飞,颉之颃之。之子于归,
远于将之。瞻望弗及,伫立以泣。
燕燕于飞,下上其音。之子于归,
远送于南。瞻望弗及,实劳我心。
仲氏任只,其心塞渊。终温且惠,
淑慎其身。先君之思,以勖寡人。

击鼓

击鼓其镗,踊跃用兵。土国城漕,我独南行。

从孙子仲,平陈与宋。不我以归,忧心有忡。

爰居爰处?爰丧其马?于以求之?于林之下。

死生契阔,与子成说。执子之手,与子偕老。

于嗟阔兮,不我活兮。于嗟洵兮,不我信兮。

凯风

凯风自南，吹彼棘心。棘心夭夭，母氏劬劳。

凯风自南，吹彼棘薪。母氏圣善，我无令人。

爰有寒泉，在浚之下。有子七人，母氏劳苦。

睍睆黄鸟，载好其音。有子七人，莫慰母心。

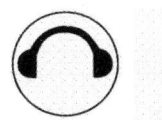
谷风

习习谷风，以阴以雨。黾勉同心，

不宜有怒。采葑采菲,无以下体。德音莫违,及尔同死。

行道迟迟,中心有违。不远伊迩,薄送我畿。谁谓荼苦,其甘如荠。宴尔新昏,如兄如弟。

泾以渭浊,湜湜其沚。宴尔新昏,不我屑以。毋逝我梁,毋发我笱。我躬不阅,遑恤我后。

就其深矣,方之舟之。就其浅矣,泳之游之。何有何亡,黾勉求之。凡民有丧,匍匐救之。

不我能慉,反以我为仇。既阻我德,贾用不售。昔育恐育鞫,及尔颠覆。

既生既育，比予于毒。我有旨蓄，亦以御冬。宴尔新昏，以我御穷。有洸有溃，既诒我肄。不念昔者，伊余来墍。

式微

式微，式微，胡不归？微君之故，胡为乎中露！

式微，式微，胡不归？微君之躬，胡为乎泥中！

简兮

简兮简兮，方将万舞。日之方中，

在前上处。

硕人俣俣，公庭万舞。有力如虎，执辔如组。

左手执籥，右手秉翟。赫如渥赭，公言锡爵。

山有榛，隰有苓。云谁之思？西方美人。彼美人兮，西方之人兮。

北门

出自北门，忧心殷殷。终窭且贫，莫知我艰。已焉哉！天实为之，谓之何哉！

王事适我，政事一埤益我。我入自

外，室人交遍谪我。已焉哉！天实为之，谓之何哉！

王事敦我，政事一埤遗我。我入自外，室人交遍摧我。已焉哉！天实为之，谓之何哉！

静女

静女其姝，俟我于城隅。爱而不见，搔首踟蹰。

静女其娈，贻我彤管。彤管有炜，说怿女美。

自牧归荑，洵美且异。匪女之为美，美人之贻。

新台

新台有泚，河水㳽㳽。燕婉之求，
籧篨不鲜。

新台有洒，河水浼浼。燕婉之求，
籧篨不殄。

鱼网之设，鸿则离之。燕婉之求，
得此戚施。

【鄘风】

柏舟

泛彼柏舟，在彼中河。髧彼两髦，

实维我仪。之死矢靡它。母也天只,不谅人只!

泛彼柏舟,在彼河侧。髧彼两髦,实维我特。之死矢靡慝。母也天只,不谅人只!

墙有茨

墙有茨,不可扫也。中冓之言,不可道也。所可道也,言之丑也。

墙有茨,不可襄也。中冓之言,不可详也。所可详也,言之长也。

墙有茨,不可束也。中冓之言,不可读也。所可读也,言之辱也。

君子偕老

君子偕老,副笄六珈。委委佗佗,如山如河。象服是宜。子之不淑,云如之何?

玼兮玼兮,其之翟也。鬒发如云,不屑髢也。玉之瑱也,象之揥也。扬且之皙也。胡然而天也!胡然而帝也!

瑳兮瑳兮,其之展也,蒙彼绉絺,是绁袢也。子之清扬,扬且之颜也,展如之人兮,邦之媛也!

相鼠

相鼠有皮，人而无仪。人而无仪，
不死何为！
相鼠有齿，人而无止。人而无止，
不死何俟！
相鼠有体，人而无礼。人而无礼，
胡不遄死！

载驰

载驰载驱，归唁卫侯。驱马悠悠，
言至于漕。大夫跋涉，我心则忧。
既不我嘉，不能旋反。视尔不臧，

我思不远。既不我嘉，不能旋济。视尔
不臧，我思不閟。

陟彼阿丘，言采其蝱。女子善怀，
亦各有行。许人尤之，众稚且狂。

我行其野，芃芃其麦。控于大邦，
谁因谁极？大夫君子，无我有尤。百尔
所思，不如我所之。

【卫风】

淇奥

瞻彼淇奥，绿竹猗猗。有匪君子，
如切如磋，如琢如磨。瑟兮僩兮，赫兮咺

兮。有匪君子，终不可谖兮。

瞻彼淇奥，绿竹青青。有匪君子，充耳琇莹，会弁如星。瑟兮僴兮，赫兮咺兮。有匪君子，终不可谖兮。

瞻彼淇奥，绿竹如箦。有匪君子，如金如锡，如圭如璧。宽兮绰兮，猗重较兮。善戏谑兮，不为虐兮。

硕　人

硕人其颀，衣锦褧衣。齐侯之子，卫侯之妻。东宫之妹，邢侯之姨，谭公维私。

手如柔荑，肤如凝脂，领如蝤蛴，齿

如瓠犀，蓁首蛾眉，巧笑倩兮，美目盼兮。

硕人敖敖，说于农郊。四牡有骄，朱幩镳镳。翟茀以朝。大夫夙退，无使君劳。

河水洋洋，北流活活。施罛濊濊，鳣鲔发发。葭菼揭揭，庶姜孽孽，庶士有朅。

氓

氓之蚩蚩，抱布贸丝。匪来贸丝，来即我谋。送子涉淇，至于顿丘。匪我愆期，子无良媒。将子无怒，秋以为期。

乘彼垝垣，以望复关。不见复关，泣涕涟涟。既见复关，载笑载言。尔卜尔筮，体无咎言。以尔车来，以我贿迁。

桑之未落，其叶沃若。于嗟鸠兮，无食桑葚！于嗟女兮，无与士耽！士之耽兮，犹可说也。女之耽兮，不可说也！

桑之落矣，其黄而陨。自我徂尔，三岁食贫。淇水汤汤，渐车帷裳。女也不爽，士贰其行。士也罔极，二三其德。

三岁为妇，靡室劳矣。夙兴夜寐，靡有朝矣。言既遂矣，至于暴矣。兄弟不知，咥其笑矣。静言思之，躬自悼矣。

及尔偕老，老使我怨。淇则有岸，
隰则有泮。总角之宴，言笑晏晏，信誓
旦旦，不思其反。反是不思，亦已焉哉！

竹竿

籊籊竹竿，以钓于淇。岂不尔思？
远莫致之。

泉源在左，淇水在右。女子有行，
远兄弟父母。

淇水在右，泉源在左。巧笑之瑳，佩
玉之傩。

淇水滺滺，桧楫松舟。驾言出游，以
写我忧。

河广

谁谓河广？一苇杭之。谁谓宋远？跂予望之。

谁谓河广？曾不容刀。谁谓宋远？曾不崇朝。

伯兮

伯兮朅兮，邦之桀兮。伯也执殳，为王前驱。

自伯之东，首如飞蓬。岂无膏沐？谁适为容！

其雨其雨，杲杲出日。愿言思伯，

甘心首疾。

焉得谖草？言树之背。愿言思伯，使我心痗。

木瓜

投我以木瓜，报之以琼琚。匪报也，永以为好也！

投我以木桃，报之以琼瑶。匪报也，永以为好也！

投我以木李，报之以琼玖。匪报也，永以为好也！

【王风】(wáng fēng)

黍离 (shǔ lí)

彼黍离离,彼稷之苗。行迈靡靡,中心摇摇。知我者谓我心忧,不知我者谓我何求。悠悠苍天,此何人哉?

彼黍离离,彼稷之穗。行迈靡靡,中心如醉。知我者谓我心忧,不知我者谓我何求。悠悠苍天,此何人哉?

彼黍离离,彼稷之实。行迈靡靡,中心如噎。知我者谓我心忧,不知我者谓我何求。悠悠苍天,此何人哉?

君子于役

君子于役,不知其期。曷至哉?鸡栖于埘。日之夕矣,羊牛下来。君子于役,如之何勿思!

君子于役,不日不月。曷其有佸?鸡栖于桀。日之夕矣,羊牛下括。君子于役,苟无饥渴?

君子阳阳

君子阳阳,左执簧,右招我由房,其乐只且!

君子陶陶,左执翿,右招我由敖,其

乐只且！

葛藟

绵绵葛藟，在河之浒。终远兄弟，谓他人父。谓他人父，亦莫我顾！
绵绵葛藟，在河之涘。终远兄弟，谓他人母。谓他人母，亦莫我有！
绵绵葛藟，在河之漘。终远兄弟，谓他人昆。谓他人昆，亦莫我闻！

采葛

彼采葛兮，一日不见，如三月兮！
彼采萧兮，一日不见，如三秋兮！

bǐ cǎi ài xī, yí rì bú jiàn, rú sān suì xī

彼采艾兮，一日不见，如三岁兮！

【郑风】zhèngfēng

缁衣 zī yī

zī yī zhī yí xī, bì, yú yòu gǎi wéi xī。shì zǐ zhī guǎn xī, huán, yú shòu zǐ zhī càn xī。

缁衣之宜兮，敝，予又改为兮。适子之馆兮，还，予授子之粲兮。

zī yī zhī hǎo xī, bì, yú yòu gǎi zào xī。shì zǐ zhī guǎn xī, huán, yú shòu zǐ zhī càn xī。

缁衣之好兮，敝，予又改造兮。适子之馆兮，还，予授子之粲兮。

zī yī zhī xí xī, bì, yú yòu gǎi zuò xī。shì zǐ zhī guǎn xī, huán, yú shòu zǐ zhī càn xī。

缁衣之席兮，敝，予又改作兮。适子之馆兮，还，予授子之粲兮。

将仲子

将仲子兮,无逾我里,无折我树杞。岂敢爱之?畏我父母。仲可怀也,父母之言,亦可畏也。

将仲子兮,无逾我墙,无折我树桑。岂敢爱之?畏我诸兄。仲可怀也,诸兄之言,亦可畏也。

将仲子兮,无逾我园,无折我树檀。岂敢爱之?畏人之多言。仲可怀也,人之多言,亦可畏也。

大叔于田

叔于田,乘乘马。执辔如组,两骖如舞。叔在薮,火烈具举。袒裼暴虎,献于公所。将叔无狃,戒其伤女。

叔于田,乘乘黄。两服上襄,两骖雁行。叔在薮,火烈具扬。叔善射忌,又良御忌。抑磬控忌,抑纵送忌。

叔于田,乘乘鸨。两服齐首,两骖如手。叔在薮,火烈具阜。叔马慢忌,叔发罕忌。抑释掤忌,抑鬯弓忌。

女曰鸡鸣

女曰鸡鸣,士曰昧旦。子兴视夜,明星有烂。将翱将翔,弋凫与雁。

弋言加之,与子宜之。宜言饮酒,与子偕老。琴瑟在御,莫不静好。

知子之来之,杂佩以赠之。知子之顺之,杂佩以问之。知子之好之,杂佩以报之。

有女同车

有女同车,颜如舜华。将翱将翔,佩玉琼琚。彼美孟姜,洵美且都。

有女同行,颜如舜英。将翱将翔,佩玉将将。彼美孟姜,德音不忘。

山有扶苏

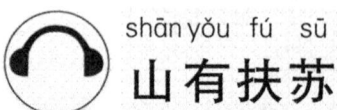

山有扶苏,隰有荷华。不见子都,乃见狂且。

山有乔松,隰有游龙,不见子充,乃见狡童。

萚兮

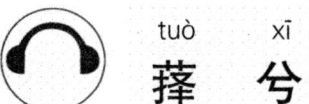

萚兮萚兮,风其吹女。叔兮伯兮,倡予和女。

萚兮萚兮,风其漂女。叔兮伯兮,

chàng yú yāo rǔ
倡予要女。

风雨

fēng yǔ qī qī　　jī míng jiē jiē　　jì jiàn jūn zǐ
风雨凄凄，鸡鸣喈喈。既见君子，
yún hú bù yí
云胡不夷？
fēng yǔ xiāo xiāo　　jī míng jiāo jiāo　　jì jiàn jūn zǐ
风雨潇潇，鸡鸣胶胶。既见君子，
yún hú bù chōu
云胡不瘳？
fēng yǔ rú huì　　jī míng bù yǐ　　jì jiàn jūn zǐ
风雨如晦，鸡鸣不已。既见君子，
yún hú bù xǐ
云胡不喜？

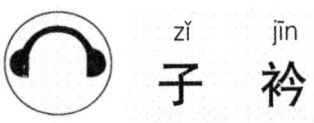

子衿

qīng qīng zǐ jīn　　yōu yōu wǒ xīn　　zòng wǒ bù wǎng
青青子衿，悠悠我心。纵我不往，
zǐ nìng bú sì yīn
子宁不嗣音？

青青子佩，悠悠我思。纵我不往，子宁不来？

挑兮达兮，在城阙兮。一日不见，如三月兮！

出其东门

出其东门，有女如云。虽则如云，匪我思存。缟衣綦巾，聊乐我员。

出其闉阇，有女如荼。虽则如荼，匪我思且。缟衣茹藘，聊可与娱。

野有蔓草

野有蔓草，零露漙兮。有美一人，

清扬婉兮。邂逅相遇,适我愿兮。
野有蔓草,零露瀼瀼。有美一人,婉如清扬。邂逅相遇,与子偕臧。

溱洧

溱与洧,方涣涣兮。士与女,方秉蕳兮。女曰:观乎?士曰:既且。且往观乎?洧之外,洵訏且乐。维士与女,伊其相谑,赠之以勺药。

溱与洧,浏其清矣。士与女,殷其盈矣。女曰:观乎?士曰:既且。且往观乎?洧之外,洵訏且乐。维士与女,伊其将谑,赠之以勺药。

【齐风】

鸡鸣

鸡既鸣矣,朝既盈矣。匪鸡则鸣,苍蝇之声。

东方明矣,朝既昌矣。匪东方则明,月出之光。

虫飞薨薨,甘与子同梦。会且归矣,无庶予子憎。

东方未明

东方未明,颠倒衣裳。颠之倒之,

自公召之。

东方未晞，颠倒裳衣。倒之颠之，自公令之。

折柳樊圃，狂夫瞿瞿。不能辰夜，不夙则莫。

南山

南山崔崔，雄狐绥绥。鲁道有荡，齐子由归。既曰归止，曷又怀止？

葛屦五两，冠緌双止。鲁道有荡，齐子庸止。既曰庸止，曷又从止？

蓺麻如之何？衡从其亩。取妻如之何？必告父母。既曰告止，曷又鞠

止？析薪如之何？匪斧不克。取妻如之何？匪媒不得。既曰得止，曷又极止？

卢令

卢令令，其人美且仁。
卢重环，其人美且鬈。
卢重鋂，其人美且偲。

猗嗟

猗嗟昌兮，颀而长兮。抑若扬兮，美目扬兮。巧趋跄兮，射则臧兮。

猗嗟名兮，美目清兮。仪既成兮，
终日射侯。不出正兮，展我甥兮。

猗嗟娈兮，清扬婉兮。舞则选兮，
射则贯兮。四矢反兮，以御乱兮。

【魏风】

葛屦

纠纠葛屦，可以履霜。掺掺女手，
可以缝裳。要之襋之，好人服之。

好人提提，宛然左辟，佩其象揥。
维是褊心，是以为刺。

园有桃

园有桃,其实之殽。心之忧矣,我歌且谣。不知我者,谓我士也骄。彼人是哉,子曰何其?心之忧矣,其谁知之?其谁知之,盖亦勿思!

园有棘,其实之食。心之忧矣,聊以行国。不知我者,谓我士也罔极。彼人是哉,子曰何其?心之忧矣,其谁知之?其谁知之,盖亦勿思!

陟岵

陟彼岵兮,瞻望父兮。父曰:嗟!

予子行役，夙夜无已。上慎旃哉，犹来无止！

陟彼屺兮，瞻望母兮。母曰：嗟！予季行役，夙夜无寐。上慎旃哉，犹来无弃！

陟彼冈兮，瞻望兄兮。兄曰：嗟！予弟行役，夙夜必偕。上慎旃哉，犹来无死！

十亩之间

十亩之间兮，桑者闲闲兮，行与子还兮。

十亩之外兮，桑者泄泄兮，行与子

逝兮。

伐 檀

坎坎伐檀兮,置之河之干兮,河水清且涟猗。不稼不穑,胡取禾三百廛兮?不狩不猎,胡瞻尔庭有县貆兮?彼君子兮,不素餐兮!

坎坎伐辐兮,置之河之侧兮,河水清且直猗。不稼不穑,胡取禾三百亿兮?不狩不猎,胡瞻尔庭有县特兮?彼君子兮,不素食兮!

坎坎伐轮兮,置之河之漘兮,河水清且沦猗。不稼不穑,胡取禾三百囷

兮？不狩不猎，胡瞻尔庭有县鹑兮？彼
君子兮，不素飧兮！

硕鼠

硕鼠硕鼠，无食我黍！三岁贯女，
莫我肯顾。逝将去女，适彼乐土。乐土
乐土，爰得我所。

硕鼠硕鼠，无食我麦！三岁贯女，
莫我肯德。逝将去女，适彼乐国。乐国
乐国，爰得我直。

硕鼠硕鼠，无食我苗！三岁贯女，
莫我肯劳。逝将去女，适彼乐郊。乐郊
乐郊，谁之永号？

【唐风】

蟋蟀

蟋蟀在堂，岁聿其莫。今我不乐，日月其除。无已大康，职思其居。好乐无荒，良士瞿瞿。

蟋蟀在堂，岁聿其逝。今我不乐，日月其迈。无已大康，职思其外。好乐无荒，良士蹶蹶。

蟋蟀在堂，役车其休。今我不乐，日月其慆。无已大康，职思其忧。好乐无荒，良士休休。

山有枢

山有枢，隰有榆。子有衣裳，弗曳弗娄。子有车马，弗驰弗驱。宛其死矣，他人是愉。

山有栲，隰有杻。子有廷内，弗洒弗扫。子有钟鼓，弗鼓弗考。宛其死矣，他人是保。

山有漆，隰有栗。子有酒食，何不日鼓瑟？且以喜乐，且以永日。宛其死矣，他人入室。

椒聊

椒聊之实,蕃衍盈升。彼其之子,
硕大无朋。椒聊且,远条且。
椒聊之实,蕃衍盈匊。彼其之子,
硕大且笃。椒聊且,远条且。

绸缪

绸缪束薪,三星在天。今夕何夕,
见此良人?子兮子兮,如此良人何?
绸缪束刍,三星在隅。今夕何夕,
见此邂逅?子兮子兮,如此邂逅何?
绸缪束楚,三星在户。今夕何夕,

见此粲者？子兮子兮，如此粲者何？

鸨羽

肃肃鸨羽，集于苞栩。王事靡盬，不能蓺稷黍。父母何怙？悠悠苍天，曷其有所？

肃肃鸨翼，集于苞棘。王事靡盬，不能蓺黍稷。父母何食？悠悠苍天，曷其有极？

肃肃鸨行，集于苞桑。王事靡盬，不能蓺稻粱。父母何尝？悠悠苍天，曷其有常？

葛生

葛生蒙楚，蔹蔓于野。予美亡此，谁与独处？

葛生蒙棘，蔹蔓于域。予美亡此，谁与独息？

角枕粲兮，锦衾烂兮。予美亡此，谁与独旦？

夏之日，冬之夜。百岁之后，归于其居。

冬之夜，夏之日。百岁之后，归于其室。

【秦风】

蒹葭

蒹葭苍苍,白露为霜。所谓伊人,在水一方。溯洄从之,道阻且长。溯游从之,宛在水中央。

蒹葭萋萋,白露未晞。所谓伊人,在水之湄。溯洄从之,道阻且跻。溯游从之,宛在水中坻。

蒹葭采采,白露未已。所谓伊人,在水之涘。溯洄从之,道阻且右。溯游从之,宛在水中沚。

黄 鸟

交交黄鸟,止于棘。谁从穆公?子车奄息。维此奄息,百夫之特。临其穴,惴惴其栗。彼苍者天,歼我良人!如可赎兮,人百其身!

交交黄鸟,止于桑。谁从穆公?子车仲行。维此仲行,百夫之防。临其穴,惴惴其栗。彼苍者天,歼我良人!如可赎兮,人百其身!

交交黄鸟,止于楚。谁从穆公?子车鍼虎。维此鍼虎,百夫之御。临其穴,惴惴其栗。彼苍者天,歼我良人!如可赎兮,人百其身!

无衣

岂曰无衣?与子同袍。王于兴师,修我戈矛,与子同仇!

岂曰无衣?与子同泽。王于兴师,修我矛戟,与子偕作!

岂曰无衣?与子同裳。王于兴师,修我甲兵,与子偕行!

【陈风】

宛丘

子之汤兮,宛丘之上兮。洵有情兮,而无望兮。

坎其击鼓,宛丘之下。无冬无夏,值其鹭羽。

坎其击缶,宛丘之道。无冬无夏,值其鹭翿。

东门之枌

东门之枌,宛丘之栩。子仲之子,

pó suō qí xià
婆娑其下。
gǔ dàn yú chāi　nán fāng zhī yuán 。 bú jì qí má ,
穀旦于差,南方之原。不绩其麻,
shì yě pó suō
市也婆娑。
gǔ dàn yú shì, yuè yǐ zōng mài 。 shì ěr rú jiāo ,
穀旦于逝,越以鬷迈。视尔如荍,
yí wǒ wò jiāo
贻我握椒。

héng mén
衡　门

héng mén zhī xià , kě yǐ qī chí 。 bì zhī yáng yáng ,
衡门之下,可以栖迟。泌之洋洋,
kě yǐ liáo jī
可以乐饥。
qǐ qí shí yú , bì hé zhī fáng ? qǐ qí qǔ qī ,
岂其食鱼,必河之鲂?岂其取妻,
bì qí zhī jiāng
必齐之姜?
qǐ qí shí yú , bì hé zhī lǐ ? qǐ qí qǔ qī ,
岂其食鱼,必河之鲤?岂其取妻,
bì sòng zhī zǐ
必宋之子?

月出

月出皎兮，佼人僚兮。舒窈纠兮，劳心悄兮。

月出皓兮，佼人懰兮。舒忧受兮，劳心慅兮。

月出照兮，佼人燎兮。舒夭绍兮，劳心惨兮。

【桧风】 kuài fēng

隰有苌楚

隰有苌楚，猗傩其枝。夭之沃沃，乐子之无知。

隰有苌楚，猗傩其华。夭之沃沃，乐子之无家。

隰有苌楚，猗傩其实。夭之沃沃，乐子之无室。

匪风

匪风发兮，匪车偈兮。顾瞻周道，

中心怛兮。

匪风飘兮,匪车嘌兮。顾瞻周道,中心吊兮。

谁能亨鱼?溉之釜鬵。谁将西归?怀之好音。

【曹风】

蜉蝣

蜉蝣之羽,衣裳楚楚。心之忧矣,于我归处。

蜉蝣之翼,采采衣服。心之忧矣,于我归息。

蜉蝣掘阅，麻衣如雪。心之忧矣，
于我归说。

鸤鸠

鸤鸠在桑，其子七兮。淑人君子，其
仪一兮。其仪一兮，心如结兮。

鸤鸠在桑，其子在梅。淑人君子，其
带伊丝。其带伊丝，其弁伊骐。

鸤鸠在桑，其子在棘。淑人君子，其
仪不忒。其仪不忒，正是四国。

鸤鸠在桑，其子在榛。淑人君子，
正是国人。正是国人，胡不万年？

【豳风】bīn fēng

七月 qī yuè

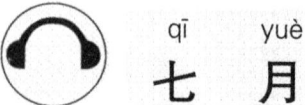

七月流火，九月授衣。一之日觱发，二之日栗烈。无衣无褐，何以卒岁？三之日于耜，四之日举趾。同我妇子，馌彼南亩，田畯至喜。

七月流火，九月授衣。春日载阳，有鸣仓庚。女执懿筐，遵彼微行，爰求柔桑。春日迟迟，采蘩祁祁。女心伤悲，殆及公子同归。

七月流火，八月萑苇。蚕月条桑，

取彼斧斨。以伐远扬,猗彼女桑。七月鸣鵙,八月载绩。载玄载黄,我朱孔阳,为公子裳。

四月秀葽,五月鸣蜩。八月其获,十月陨萚。一之日于貉,取彼狐狸,为公子裘。二之日其同,载缵武功。言私其豵,献豜于公。

五月斯螽动股,六月莎鸡振羽。七月在野,八月在宇,九月在户,十月蟋蟀入我床下。穹窒熏鼠,塞向墐户。嗟我妇子,曰为改岁,入此室处。

六月食郁及薁,七月亨葵及菽。八月剥枣,十月获稻。为此春酒,以介眉

寿。七月食瓜,八月断壶,九月叔苴,采荼薪樗,食我农夫。

九月筑场圃,十月纳禾稼。黍稷重穆,禾麻菽麦。嗟我农夫,我稼既同,上入执宫功。昼尔于茅,宵尔索绹。亟其乘屋,其始播百谷。

二之日凿冰冲冲,三之日纳于凌阴。四之日其蚤,献羔祭韭。九月肃霜,十月涤场。朋酒斯飨,曰杀羔羊。跻彼公堂,称彼兕觥,万寿无疆!

东山 dōng shān

我徂东山，慆慆不归。我来自东，零雨其濛。我东曰归，我心西悲。制彼裳衣，勿士行枚。蜎蜎者蠋，烝在桑野。敦彼独宿，亦在车下。

我徂东山，慆慆不归。我来自东，零雨其濛。果臝之实，亦施于宇。伊威在室，蟏蛸在户。町畽鹿场，熠耀宵行。不可畏也，伊可怀也。

我徂东山，慆慆不归。我来自东，零雨其濛。鹳鸣于垤，妇叹于室。洒扫穹窒，我征聿至。有敦瓜苦，烝在栗薪。自我不见，于今三年。

我徂东山，慆慆不归。我来自东，零雨其濛。仓庚于飞，熠耀其羽。之子于归，皇驳其马。亲结其缡，九十其仪。其新孔嘉，其旧如之何？

伐柯

伐柯如何？匪斧不克。取妻如何？匪媒不得。

伐柯伐柯，其则不远。我觏之子，笾豆有践。

小雅

【鹿鸣之什】

鹿鸣

呦呦鹿鸣,食野之苹。我有嘉宾,鼓瑟吹笙。吹笙鼓簧,承筐是将。人之好我,示我周行。

呦呦鹿鸣,食野之蒿。我有嘉宾,德音孔昭。视民不恌,君子是则是效。我有旨酒,嘉宾式燕以敖。

呦呦鹿鸣,食野之芩。我有嘉宾,鼓瑟鼓琴。鼓瑟鼓琴,和乐且湛。我有

zhǐ jiǔ ，yǐ yàn lè jiā bīn zhī xīn
旨酒，以燕乐嘉宾之心。

皇皇者华

huáng huáng zhě huā yú bǐ yuán xí shēn shēn zhēng fū
皇皇者华，于彼原隰。骁骁征夫，
měi huái mǐ jí
每怀靡及。

wǒ mǎ wéi jū liù pèi rú rú zài chí zài qū
我马维驹，六辔如濡。载驰载驱，
zhōu yuán zī zōu
周爰咨诹。

wǒ mǎ wéi qí liù pèi rú sī zài chí zài qū
我马维骐，六辔如丝。载驰载驱，
zhōu yuán zī móu
周爰咨谋。

wǒ mǎ wéi luò liù pèi wò ruò zài chí zài qū
我马维骆，六辔沃若。载驰载驱，
zhōu yuán zī duó
周爰咨度。

wǒ mǎ wéi yīn liù pèi jì jūn zài chí zài qū
我马维骃，六辔既均。载驰载驱，
zhōu yuán zī xún
周爰咨询。

常棣

常棣之华，鄂不韡韡。凡今之人，莫如兄弟。

死丧之威，兄弟孔怀。原隰裒矣，兄弟求矣。

脊令在原，兄弟急难。每有良朋，况也永叹。

兄弟阋于墙，外御其务。每有良朋，烝也无戎。

丧乱既平，既安且宁。虽有兄弟，不如友生。

傧尔笾豆，饮酒之饫。兄弟既具，

和乐且孺。妻子好合,如鼓瑟琴。兄弟既翕,和乐且湛。宜尔室家,乐尔妻帑。是究是图,亶其然乎?

伐木

伐木丁丁,鸟鸣嘤嘤。出自幽谷,迁于乔木。嘤其鸣矣,求其友声。相彼鸟矣,犹求友声。矧伊人矣,不求友生?神之听之,终和且平。伐木许许,酾酒有藇!既有肥羜,以速诸父。宁适不来,微我弗顾。於粲洒扫，陈馈八簋。既有肥牡，以速诸舅。
宁适不来，微我有咎。

伐木于阪，酾酒有衍。笾豆有践，
兄弟无远。民之失德，干糇以愆。有酒
湑我，无酒酤我。坎坎鼓我，蹲蹲舞我。
迨我暇矣，饮此湑矣。

采薇

采薇采薇，薇亦作止。曰归曰归，
岁亦莫止。靡室靡家，玁狁之故。不遑
启居，玁狁之故。

采薇采薇，薇亦柔止。曰归曰归，
心亦忧止。忧心烈烈，载饥载渴。我戍

未定,靡使归聘。

采薇采薇,薇亦刚止。曰归曰归,岁亦阳止。王事靡盬,不遑启处。忧心孔疚,我行不来。

彼尔维何?维常之华。彼路斯何?君子之车。戎车既驾,四牡业业。岂敢定居?一月三捷。

驾彼四牡,四牡骙骙。君子所依,小人所腓。四牡翼翼,象弭鱼服。岂不日戒?玁狁孔棘!

昔我往矣,杨柳依依。今我来思,雨雪霏霏。行道迟迟,载渴载饥。我心伤悲,莫知我哀!

【白华之什】

鱼丽

鱼丽于罶,鲿鲨。君子有酒,旨且多。

鱼丽于罶,鲂鳢。君子有酒,多且旨。

鱼丽于罶,鰋鲤。君子有酒,旨且有。

物其多矣,维其嘉矣。

物其旨矣,维其偕矣。

物其有矣,维其时矣。

【南有嘉鱼之什】

南有嘉鱼

南有嘉鱼，烝然罩罩。君子有酒，嘉宾式燕以乐。

南有嘉鱼，烝然汕汕。君子有酒，嘉宾式燕以衎。

南有樛木，甘瓠累之。君子有酒，嘉宾式燕绥之。

翩翩者鵻，烝然来思。君子有酒，嘉宾式燕又思。

南山有台

南山有台,北山有莱。乐只君子,邦家之基。乐只君子,万寿无期。

南山有桑,北山有杨。乐只君子,邦家之光。乐只君子,万寿无疆。

南山有杞,北山有李。乐只君子,民之父母。乐只君子,德音不已。

南山有栲,北山有杻。乐只君子,遐不眉寿。乐只君子,德音是茂。

南山有枸,北山有楰。乐只君子,遐不黄耇。乐只君子,保艾尔后。

蓼萧

蓼彼萧斯，零露湑兮。既见君子，
我心写兮。燕笑语兮，是以有誉处兮。

蓼彼萧斯，零露瀼瀼。既见君子，
为龙为光。其德不爽，寿考不忘。

蓼彼萧斯，零露泥泥。既见君子，
孔燕岂弟。宜兄宜弟，令德寿岂。

蓼彼萧斯，零露浓浓。既见君子，
鞗革忡忡。和鸾雍雍，万福攸同。

菁菁者莪

菁菁者莪，在彼中阿。既见君子，

乐且有仪。

菁菁者莪,在彼中沚。既见君子,
我心则喜。

菁菁者莪,在彼中陵。既见君子,
锡我百朋。

泛泛杨舟,载沉载浮。既见君子,
我心则休。

车攻

我车既攻,我马既同。四牡庞庞,
驾言徂东。

田车既好,四牡孔阜。东有甫草,
驾言行狩。

之子于苗,选徒嚣嚣。建旐设旄,
搏兽于敖。

驾彼四牡,四牡奕奕。赤芾金舄,
会同有绎。

决拾既佽,弓矢既调。射夫既同,
助我举柴。

四黄既驾,两骖不猗。不失其驰,
舍矢如破。

萧萧马鸣,悠悠旆旌。徒御不惊,
大庖不盈。

之子于征,有闻无声。允矣君子,
展也大成。

【鸿雁之什】

鸿雁

鸿雁于飞,肃肃其羽。之子于征,劬劳于野。爰及矜人,哀此鳏寡。

鸿雁于飞,集于中泽。之子于垣,百堵皆作。虽则劬劳,其究安宅?

鸿雁于飞,哀鸣嗷嗷。维此哲人,谓我劬劳。维彼愚人,谓我宣骄。

庭燎

夜如何其?夜未央,庭燎之光。君

子至止，鸾声将将。

夜如何其？夜未艾，庭燎晣晣。君子至止，鸾声哕哕。

夜如何其？夜乡晨，庭燎有辉。君子至止，言观其旂。

沔水

沔彼流水，朝宗于海。鴥彼飞隼，载飞载止。嗟我兄弟，邦人诸友，莫肯念乱，谁无父母？

沔彼流水，其流汤汤。鴥彼飞隼，载飞载扬。念彼不迹，载起载行。心之忧矣，不可弭忘。

鴥彼飞隼,率彼中陵。民之讹言,宁莫之惩。我友敬矣,谗言其兴。

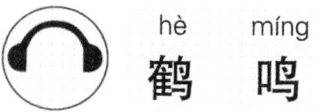
鹤鸣

鹤鸣于九皋,声闻于野。鱼潜在渊,或在于渚。乐彼之园,爰有树檀,其下维萚。他山之石,可以为错。

鹤鸣于九皋,声闻于天。鱼在于渚,或潜在渊。乐彼之园,爰有树檀,其下维榖。他山之石,可以攻玉。

白驹

皎皎白驹,食我场苗。絷之维之,

以永今朝。所谓伊人,于焉逍遥。

皎皎白驹,食我场藿。絷之维之,以永今夕。所谓伊人,于焉嘉客。

皎皎白驹,贲然来思。尔公尔侯,逸豫无期。慎尔优游,勉尔遁思。

皎皎白驹,在彼空谷。生刍一束,其人如玉。毋金玉尔音,而有遐心。

斯干

秩秩斯干,幽幽南山。如竹苞矣,如松茂矣。兄及弟矣,式相好矣,无相犹矣。

似续妣祖,筑室百堵,西南其户。

爰居爰处，爰笑爰语。
约之阁阁，椓之橐橐。风雨攸除，
鸟鼠攸去，君子攸芋。
如跂斯翼，如矢斯棘，如鸟斯革，如
翚斯飞，君子攸跻。
殖殖其庭，有觉其楹。哙哙其正，
哕哕其冥。君子攸宁。
下莞上簟，乃安斯寝。乃寝乃兴，
乃占我梦。吉梦维何？维熊维罴，维虺
维蛇。
大人占之：维熊维罴，男子之祥；维
虺维蛇，女子之祥。
乃生男子，载寝之床。载衣之裳，

载弄之璋。其泣喤喤,朱芾斯皇,室家君王。

乃生女子,载寝之地。载衣之裼,载弄之瓦。无非无仪,唯酒食是议,无父母诒罹。

【节南山之什】

节南山

节彼南山,维石岩岩。赫赫师尹,民具尔瞻。忧心如惔,不敢戏谈。国既卒斩,何用不监!

节彼南山,有实其猗。赫赫师尹,

不平谓何。天方荐瘥，丧乱弘多。民言无嘉，憯莫惩嗟。

尹氏大师，维周之氐。秉国之钧，四方是维。天子是毗，俾民不迷。不吊昊天，不宜空我师。

弗躬弗亲，庶民弗信。弗问弗仕，勿罔君子。式夷式已，无小人殆。琐琐姻亚，则无膴仕。

昊天不佣，降此鞠讻。昊天不惠，降此大戾。君子如届，俾民心阕。君子如夷，恶怒是违。

不吊昊天，乱靡有定。式月斯生，俾民不宁。忧心如酲，谁秉国成？不

自为政，卒劳百姓。
驾彼四牡，四牡项领。我瞻四方，
蹙蹙靡所骋。
方茂尔恶，相尔矛矣。既夷既怿，
如相酬矣。
昊天不平，我王不宁。不惩其心，
覆怨其正。
家父作诵，以究王讻。式讹尔心，
以畜万邦。

正 月

正月繁霜，我心忧伤。民之讹言，
亦孔之将。念我独兮，忧心京京。哀我

小心,瘋忧以痒。

父母生我,胡俾我瘉?不自我先,不自我后。好言自口,莠言自口。忧心愈愈,是以有侮。

忧心惸惸,念我无禄。民之无辜,并其臣仆。哀我人斯,于何从禄?瞻乌爰止,于谁之屋?

瞻彼中林,侯薪侯蒸。民今方殆,视天梦梦。既克有定,靡人弗胜。有皇上帝,伊谁云憎?

谓山盖卑,为冈为陵。民之讹言,宁莫之惩。召彼故老,讯之占梦。具曰予圣,谁知乌之雌雄!

谓天盖高？不敢不局。谓地盖厚？
不敢不蹐。维号斯言，有伦有脊。哀今
之人，胡为虺蜴？

瞻彼阪田，有菀其特。天之扤我，
如不我克。彼求我则，如不我得。执我
仇仇，亦不我力。

心之忧矣，如或结之。今兹之正，
胡然厉矣？燎之方扬，宁或灭之？赫赫
宗周，褒姒灭之！

终其永怀，又窘阴雨。其车既载，
乃弃尔辅。载输尔载，将伯助予！
无弃尔辅，员于尔辐。屡顾尔仆，
不输尔载。终逾绝险，曾是不意。

鱼在于沼,亦匪克乐。潜虽伏矣,亦孔之炤。忧心惨惨,念国之为虐。

彼有旨酒,又有嘉肴。洽比其邻,昏姻孔云。念我独兮,忧心慇慇。

佌佌彼有屋,蔌蔌方有谷。民今之无禄,天夭是椓。哿矣富人,哀此惸独。

雨无正

浩浩昊天,不骏其德。降丧饥馑,斩伐四国。旻天疾威,弗虑弗图。舍彼有罪,既伏其辜。若此无罪,沦胥以铺。

周宗既灭,靡所止戾。正大夫离居,莫知我勚。三事大夫,莫肯夙夜。

邦君诸侯,莫肯朝夕。庶曰式臧,覆出为恶。

如何昊天,辟言不信。如彼行迈,则靡所臻。凡百君子,各敬尔身。胡不相畏,不畏于天?

戎成不退,饥成不遂。曾我暬御,憯憯日瘁。凡百君子,莫肯用讯。听言则答,谮言则退。

哀哉不能言,匪舌是出,维躬是瘁。哿矣能言,巧言如流,俾躬处休。

维曰予仕,孔棘且殆。云不可使,得罪于天子;亦云可使,怨及朋友。

谓尔迁于王都,曰予未有室家。鼠

思泣血,无言不疾。昔尔出居,谁从作尔室?

巷 伯

萋兮斐兮,成是贝锦。彼谮人者,亦已大甚!

哆兮侈兮,成是南箕。彼谮人者,谁适与谋?

缉缉翩翩,谋欲谮人。慎尔言也,谓尔不信。

捷捷幡幡,谋欲谮言。岂不尔受,既其女迁。

骄人好好,劳人草草。苍天苍天,

视彼骄人,矜此劳人。

彼谮人者,谁适与谋?取彼谮人,投畀豺虎;豺虎不食,投畀有北;有北不受,投畀有昊。

杨园之道,猗于亩丘。寺人孟子,作为此诗。凡百君子,敬而听之。

【谷风之什】

谷风

习习谷风,维风及雨。将恐将惧,维予与女。将安将乐,女转弃予。

习习谷风,维风及颓。将恐将惧,

置予于怀。将安将乐,弃予如遗。

习习谷风,维山崔嵬。无草不死,无木不萎。忘我大德,思我小怨。

蓼莪

蓼蓼者莪,匪莪伊蒿。哀哀父母,生我劬劳。

蓼蓼者莪,匪莪伊蔚。哀哀父母,生我劳瘁。

瓶之罄矣,维罍之耻。鲜民之生,不如死之久矣。无父何怙?无母何恃?出则衔恤,入则靡至。

父兮生我,母兮鞠我。拊我畜我,

长我育我，顾我复我，出入腹我。欲报之德，昊天罔极！

南山烈烈，飘风发发。民莫不穀，我独何害！

南山律律，飘风弗弗。民莫不穀，我独不卒！

北山

陟彼北山，言采其杞。偕偕士子，朝夕从事。王事靡盬，忧我父母。

溥天之下，莫非王土；率土之滨，莫非王臣。大夫不均，我从事独贤。

四牡彭彭，王事傍傍。嘉我未老，

鲜我方将。旅力方刚,经营四方。

或燕燕居息,或尽瘁事国;或息偃在床,或不已于行。

或不知叫号,或惨惨劬劳;或栖迟偃仰,或王事鞅掌。

或湛乐饮酒,或惨惨畏咎;或出入风议,或靡事不为。

【甫田之什】

甫田

倬彼甫田,岁取十千。我取其陈,食我农人。自古有年,今适南亩。或耘

或耔，黍稷薿薿。攸介攸止，烝我髦士。以我齐明，与我牺羊，以社以方。我田既臧，农夫之庆。琴瑟击鼓，以御田祖。以祈甘雨，以介我稷黍，以穀我士女。

曾孙来止，以其妇子。馌彼南亩，田畯至喜。攘其左右，尝其旨否。禾易长亩，终善且有。曾孙不怒，农夫克敏。

曾孙之稼，如茨如梁。曾孙之庾，如坻如京。乃求千斯仓，乃求万斯箱。黍稷稻粱，农夫之庆。报以介福，万寿无疆。

大田

大田多稼，既种既戒，既备乃事。以我覃耜，俶载南亩。播厥百谷，既庭且硕，曾孙是若。

既方既皂，既坚既好，不稂不莠。去其螟螣，及其蟊贼，无害我田稚。田祖有神，秉畀炎火。

有渰萋萋，兴雨祁祁。雨我公田，遂及我私。彼有不获稚，此有不敛穧，彼有遗秉，此有滞穗，伊寡妇之利。

曾孙来止，以其妇子。馌彼南亩，田畯至喜。来方禋祀，以其骍黑，与其

黍稷。以享以祀，以介景福。

裳裳者华

裳裳者华，其叶湑兮。我觏之子，我心写兮。我心写兮，是以有誉处兮。

裳裳者华，芸其黄矣。我觏之子，维其有章矣。维其有章矣，是以有庆矣。

裳裳者华，或黄或白。我觏之子，乘其四骆。乘其四骆，六辔沃若。

左之左之，君子宜之。右之右之，君子有之。维其有之，是以似之。

鸳鸯

鸳鸯于飞,毕之罗之。君子万年,福禄宜之。

鸳鸯在梁,戢其左翼。君子万年,宜其遐福。

乘马在厩,摧之秣之。君子万年,福禄艾之。

乘马在厩,秣之摧之。君子万年,福禄绥之。

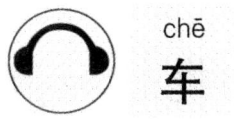
车舝

间关车之舝兮,思娈季女逝兮。匪

饥匪渴，德音来括。虽无好友，式燕且喜。

依彼平林，有集维鹬。辰彼硕女，令德来教。式燕且誉，好尔无射。

虽无旨酒，式饮庶几。虽无嘉肴，式食庶几。虽无德与女，式歌且舞。

陟彼高冈，析其柞薪。析其柞薪，其叶湑兮。鲜我觏尔，我心写兮。

高山仰止，景行行止。四牡骓骓，六辔如琴。觏尔新昏，以慰我心。

青蝇

营营青蝇，止于樊。岂弟君子，无

_{xìn chán yán}
信谗言。

_{yíng yíng qīng yíng zhǐ yú jí   chán rén wǎng jí   jiāo}
营营青蝇,止于棘。谗人罔极,交
_{luàn sì guó}
乱四国。

_{yíng yíng qīng yíng zhǐ yú zhēn   chán rén wǎng jí gòu}
营营青蝇,止于榛。谗人罔极,构
_{wǒ èr rén}
我二人。

【鱼藻之什】
_{yú zǎo zhī shí}

隰桑
_{xí sāng}

_{xí sāng yǒu ē   qí yè yǒu nuó   jì jiàn jūn zǐ}
隰桑有阿,其叶有难。既见君子,
_{qí lè rú hé}
其乐如何!

_{xí sāng yǒu ē   qí yè yǒu wò   jì jiàn jūn zǐ}
隰桑有阿,其叶有沃。既见君子,
_{yún hé bú lè}
云何不乐!

隰桑有阿，其叶有幽。既见君子，
德音孔胶。
心乎爱矣，遐不谓矣？中心藏之，
何日忘之！

瓠叶

幡幡瓠叶，采之亨之。君子有酒，
酌言尝之。
有兔斯首，炮之燔之。君子有酒，
酌言献之。
有兔斯首，燔之炙之。君子有酒，
酌言酢之。
有兔斯首，燔之炮之。君子有酒，

zhuó yán chóu zhī
酌言酬之。

何草不黄

何草不黄？何日不行？何人不将？
经营四方。
何草不玄？何人不矜？哀我征夫，
独为匪民。
匪兕匪虎，率彼旷野。哀我征夫，
朝夕不暇。
有芃者狐，率彼幽草。有栈之车，
行彼周道。

大雅

【文王之什】

文王

文王在上,於昭于天。周虽旧邦,其命维新。有周不显,帝命不时。文王陟降,在帝左右。

亹亹文王,令闻不已。陈锡哉周,侯文王孙子。文王孙子,本支百世,凡周之士,不显亦世。

世之不显,厥犹翼翼。思皇多士,生此王国。王国克生,维周之桢;济济多士,文王以宁。

穆穆文王,於缉熙敬止。假哉天命,有商孙子。商之孙子,其丽不亿。上帝既命,侯于周服。

侯服于周,天命靡常。殷士肤敏,裸将于京。厥作裸将,常服黼冔。王之荩臣,无念尔祖。

无念尔祖,聿修厥德。永言配命,自求多福。殷之未丧师,克配上帝。宜鉴于殷,骏命不易。

命之不易,无遏尔躬。宣昭义问,有虞殷自天。上天之载,无声无臭。仪刑文王,万邦作孚。

大明

明明在下,赫赫在上。天难忱斯,不易维王。天位殷适,使不挟四方。

挚仲氏任,自彼殷商,来嫁于周,曰嫔于京。乃及王季,维德之行。大任有身,生此文王。

维此文王,小心翼翼。昭事上帝,聿怀多福。厥德不回,以受方国。

天监在下,有命既集。文王初载,天作之合。在洽之阳,在渭之涘。文王嘉止,大邦有子。

大邦有子,俔天之妹。文定厥祥,

　　　　qīn yíng yú wèi　　zào zhōu wéi liáng　pī xiǎn qí guāng
亲迎于渭。造舟为梁,不显其光。
　　　　yǒu mìng zì tiān　mìng cǐ wén wáng　yú zhōu yú jīng
有命自天,命此文王,于周于京。
zuǎn nǚ wéi shēn　zhǎng zǐ wéi xíng　dǔ shēng wǔ wáng　　bǎo yòu
缵女维莘,长子维行,笃生武王。保右
mìng ěr　xiè fá dà shāng
命尔,燮伐大商。
　　　　yīn shāng zhī lǚ　qí huì rú lín　shì yú mù yě
殷商之旅,其会如林。矢于牧野,
wéi yú hóu xīng　　shàng dì lín rǔ　wú èr ěr xīn
维予侯兴。上帝临女,无贰尔心。
　　　　mù yě yáng yáng　tán chē huáng huáng　sì yuán páng páng
牧野洋洋,檀车煌煌,驷騵彭彭。
wéi shī shàng fǔ　　shí wéi yīng yáng　liáng bǐ wǔ wáng　sì fá
维师尚父,时维鹰扬。凉彼武王,肆伐
dà shāng　huì zhāo qīng míng
大商,会朝清明。

绵 mián

　　　　mián mián guā dié　mín zhī chū shēng　zì tǔ cú qī
绵绵瓜瓞,民之初生,自土沮漆。
gǔ gōng dǎn fǔ　táo fù táo xué　wèi yǒu jiā shì
古公亶父,陶复陶穴,未有家室。

古公亶父，来朝走马。率西水浒，至于岐下。爰及姜女，聿来胥宇。

周原膴膴，堇荼如饴。爰始爰谋，爰契我龟。曰止曰时，筑室于兹。

乃慰乃止，乃左乃右，乃疆乃理，乃宣乃亩。自西徂东，周爰执事。

乃召司空，乃召司徒，俾立室家。其绳则直，缩版以载，作庙翼翼。

捄之陾陾，度之薨薨，筑之登登，削屡冯冯。百堵皆兴，鼛鼓弗胜。

乃立皋门，皋门有伉。乃立应门，应门将将。乃立冢土，戎丑攸行。

肆不殄厥愠，亦不陨厥问。柞棫拔

矣,行道兑矣。混夷骏矣,维其喙矣!
虞芮质厥成,文王蹶厥生。予曰有疏附,予曰有先后,予曰有奔奏,予曰有御侮!

【生民之什】

生 民

厥初生民,时维姜嫄。生民如何?克禋克祀,以弗无子。履帝武敏歆,攸介攸止,载震载夙。载生载育,时维后稷。

诞弥厥月,先生如达。不坼不副,

无菑无害。以赫厥灵。上帝不宁,不康
禋祀,居然生子。

诞寘之隘巷,牛羊腓字之。诞寘之
平林,会伐平林。诞寘之寒冰,鸟覆翼
之。鸟乃去矣,后稷呱矣。实覃实订,厥
声载路。

诞实匍匐,克岐克嶷,以就口食。
蓺之荏菽,荏菽旆旆。禾役穟穟,麻麦
幪幪,瓜瓞唪唪。

诞后稷之穑,有相之道。茀厥丰
草,种之黄茂。实方实苞,实种实褎。
实发实秀,实坚实好。实颖实栗,即有
邰家室。

诞降嘉种,维秬维秠,维穈维芑。恒之秬秠,是获是亩。恒之穈芑,是任是负,以归肇祀。

诞我祀如何?或舂或揄,或簸或蹂。释之叟叟,烝之浮浮。载谋载惟,取萧祭脂。取羝以軷,载燔载烈,以兴嗣岁。

卬盛于豆,于豆于登,其香始升。上帝居歆,胡臭亶时。后稷肇祀,庶无罪悔,以迄于今。

既 醉

既醉以酒,既饱以德。君子万年,

介尔景福。

既醉以酒,尔肴既将。君子万年,介尔昭明。

昭明有融,高朗令终。令终有俶,公尸嘉告。

其告维何?笾豆静嘉。朋友攸摄,摄以威仪。

威仪孔时,君子有孝子。孝子不匮,永锡尔类。

其类维何?室家之壸。君子万年,永锡祚胤。

其胤维何?天被尔禄。君子万年,景命有仆。

其仆维何？釐尔女士。釐尔女士，从以孙子。

公刘

笃公刘，匪居匪康。乃埸乃疆，乃积乃仓；乃裹餱粮，于橐于囊，思辑用光。弓矢斯张，干戈戚扬，爰方启行。

笃公刘，于胥斯原。既庶既繁，既顺乃宣，而无永叹。陟则在巘，复降在原。何以舟之？维玉及瑶，鞞琫容刀。

笃公刘，逝彼百泉，瞻彼溥原；乃陟南冈，乃觏于京。京师之野，于时处处，于时庐旅。于时言言，于时语语。

dǔ gōng liú　　yú jīng sī yī　　qiāng qiāng jǐ jǐ bǐ
笃公刘，于京斯依。跄跄济济，俾
yán bǐ jī　　jì dēng nǎi yī　nǎi zào qí cáo　zhí shǐ yú
筵俾几。既登乃依，乃造其曹。执豕于
láo　zhuó zhī yòng páo　　sì zhī yǐn zhī　jūn zhī zōng zhī
牢，酌之用匏。食之饮之，君之宗之。

dǔ gōng liú　　jì pǔ jì cháng　　jì yǐng nǎi gāng　xiàng
笃公刘，既溥既长。既景乃冈，相
qí yīn yáng guān qí liú quán　　qí jūn sān dān　duó qí xí
其阴阳，观其流泉。其军三单，度其隰
yuán　chè tián wéi liáng　duó qí xī yáng　bīn jū yǔn huāng
原，彻田为粮。度其夕阳，豳居允荒。

dǔ gōng liú　　yú bīn sī guǎn　　shè wèi wéi luàn　qǔ
笃公刘，于豳斯馆。涉渭为乱，取
lì qǔ duàn　zhǐ jī nǎi lǐ　yuán zhòng yuán yǒu　jiā qí
厉取锻。止基乃理，爰众爰有。夹其
huáng jiàn　sù qí guò jiàn　zhǐ lǚ nǎi mì　ruì jū zhī jí
皇涧，溯其过涧。止旅乃密，芮鞫之即。

dàng zhī shí
【荡之什】

sōng gāo
崧　高

sōng gāo wéi yuè　　jùn jí yú tiān　　wéi yuè jiàng shén
崧高维岳，骏极于天。维岳降神，

生甫及申。维申及甫,维周之翰。四国于蕃,四方于宣。

亹亹申伯,王缵之事。于邑于谢,南国是式。王命召伯,定申伯之宅。登是南邦,世执其功。

王命申伯,式是南邦。因是谢人,以作尔庸。王命召伯,彻申伯土田。王命傅御,迁其私人。

申伯之功,召伯是营。有俶其城,寝庙既成。既成藐藐,王锡申伯。四牡蹻蹻,钩膺濯濯。

王遣申伯,路车乘马。我图尔居,莫如南土。锡尔介圭,以作尔宝。往迈

王舅,南土是保。

申伯信迈,王饯于郿。申伯还南,谢于诚归。王命召伯,彻申伯土疆。以峙其粻,式遄其行。

申伯番番,既入于谢。徒御啴啴,周邦咸喜,戎有良翰。不显申伯,王之元舅,文武是宪。

申伯之德,柔惠且直。揉此万邦,闻于四国。吉甫作诵,其诗孔硕。其风肆好,以赠申伯。

周　颂

【清庙之什】

清　庙

於穆清庙，肃雝显相。济济多士，秉文之德。对越在天，骏奔走在庙。不显不承，无射于人斯。

维天之命

维天之命，於穆不已。於乎不显，文王之德之纯。假以溢我，我其收之。骏惠我文王，曾孙笃之。

天作

天作高山,大王荒之。彼作矣,文王康之。彼徂矣,岐有夷之行,子孙保之。

【臣工之什】

臣工

嗟嗟臣工,敬尔在公。王釐尔成,来咨来茹。嗟嗟保介,维莫之春。亦又何求?如何新畬?於皇来牟,将受厥明。明昭上帝,迄用康年。命我众人,

zhì nǎi jiǎn bó　yǎn guān zhì yì
庤乃钱镈,奄观铚艾。

噫嘻

yī xī chéng wáng　jì zhāo gé ěr　shuài shí nóng fū
噫嘻成王,既昭假尔。率时农夫,
bō jué bǎi gǔ　jùn fā ěr sī　zhōng sān shí lǐ　yì fú
播厥百谷。骏发尔私,终三十里。亦服
ěr gēng　shí qiān wéi ǒu
尔耕,十千维耦。

振鹭

zhèn lù yú fēi　yú bǐ xī yōng　wǒ kè lì zhǐ
振鹭于飞,于彼西雝。我客戾止,
yì yǒu sī róng　zài bǐ wú wù　zài cǐ wú yì　shù jī
亦有斯容。在彼无恶,在此无斁。庶几
sù yè　yǐ yǒng zhōng yù
夙夜,以永终誉。

【闵予小子之什】

载芟

载芟载柞，其耕泽泽。千耦其耘，徂隰徂畛。侯主侯伯，侯亚侯旅，侯强侯以。有嗿其馌，思媚其妇。有依其士，有略其耜。俶载南亩，播厥百谷，实函斯活。驿驿其达，有厌其杰。厌厌其苗，绵绵其麃。载获济济，有实其积，万亿及秭。为酒为醴，烝畀祖妣，以洽百礼。有飶其香，邦家之光。有椒其馨，胡考之宁。匪且有且，匪今斯今，振古

rú zī
如兹。

良耜 liáng sì

cè cè liáng sì　chù zī nán mǔ　bō jué bǎi gǔ
畟畟良耜，俶载南亩。播厥百谷，
shí hán sī huó　huò lái zhān rǔ　zài kuāng jí jǔ　qí xiǎng
实函斯活。或来瞻女，载筐及筥，其饟
yī shǔ　qí lì yī jiū　qí bó sī diào　yǐ hāo tú liǎo
伊黍。其笠伊纠，其镈斯赵，以薅荼蓼。
tú liǎo xiǔ zhǐ　shǔ jì mào zhǐ　huò zhī zhì zhì　jī zhī
荼蓼朽止，黍稷茂止。获之挃挃，积之
lì lì　qí chóng rú yōng　qí bǐ rú zhì　yǐ kāi bǎi
栗栗。其崇如墉，其比如栉。以开百
shì　bǎi shì yíng zhǐ　fù zǐ níng zhǐ　shā shí chún mǔ　yǒu
室，百室盈止，妇子宁止。杀时犉牡，有
qiú qí jiǎo　yǐ sì yǐ xù　xù gǔ zhī rén
捄其角。以似以续，续古之人。

鲁颂

駉

駉駉牡马，在坰之野。薄言駉者，有骄有皇，有骊有黄，以车彭彭。思无疆，思马斯臧。

駉駉牡马，在坰之野。薄言駉者，有骓有駓，有骍有骐，以车伓伓。思无期，思马斯才。

駉駉牡马，在坰之野。薄言駉者，有驒有骆，有骝有雒，以车绎绎。思无斁，思马斯作。

駉駉牡马，在坰之野。薄言駉者，有驈有皇，有骊有鱼，以车祛祛。思无邪，思马斯徂。

商 颂

玄 鸟

天命玄鸟，降而生商，宅殷土芒芒。古帝命武汤，正域彼四方。

方命厥后，奄有九有。商之先后，受命不殆，在武丁孙子。武丁孙子，武王靡不胜。

龙旂十乘，大饎是承。邦畿千里，

维民所止,肇域彼四海。

四海来假,来假祁祁。景员维河。

殷受命咸宜,百禄是何。

楚辞选

离骚 屈原

帝高阳之苗裔兮,朕皇考曰伯庸。摄提贞于孟陬兮,惟庚寅吾以降。皇览揆余初度兮,肇锡余以嘉名:名余曰正则兮,字余曰灵均。

纷吾既有此内美兮,又重之以修能。扈江离与辟芷兮,纫秋兰以为佩。汩余若将不及兮,恐年岁之不吾与。朝搴阰之木兰兮,夕揽洲之宿莽。日月忽

其不淹兮,春与秋其代序。惟草木之零落兮,恐美人之迟暮。不抚壮而弃秽兮,何不改乎此度?乘骐骥以驰骋兮,来吾道夫先路!

昔三后之纯粹兮,固众芳之所在。杂申椒与菌桂兮,岂维纫夫蕙茝?彼尧舜之耿介兮,既遵道而得路。何桀纣之猖披兮,夫唯捷径以窘步。惟夫党人之偷乐兮,路幽昧以险隘。岂余身之惮殃兮,恐皇舆之败绩!忽奔走以先后兮,及前王之踵武。荃不察余之中情兮,反信谗而齌怒。余固知謇謇之为患兮,忍而不能舍也。指九天以为正兮,夫唯

灵修之故也。曰黄昏以为期兮,羌中道而改路!初既与余成言兮,后悔遁而有他。余既不难夫离别兮,伤灵修之数化。

余既滋兰之九畹兮,又树蕙之百亩。畦留夷与揭车兮,杂杜衡与芳芷。冀枝叶之峻茂兮,愿竢时乎吾将刈。虽萎绝其亦何伤兮,哀众芳之芜秽。

众皆竞进以贪婪兮,凭不厌乎求索。羌内恕己以量人兮,各兴心而嫉妒。忽驰骛以追逐兮,非余心之所急。老冉冉其将至兮,恐修名之不立。朝饮木兰之坠露兮,夕餐秋菊之落英。苟余

情其信姱以练要兮,长颇颔亦何伤。揽木根以结茝兮,贯薜荔之落蕊。矫菌桂以纫蕙兮,索胡绳之纚纚。謇吾法夫前修兮,非世俗之所服。虽不周于今之人兮,愿依彭咸之遗则。

长太息以掩涕兮,哀民生之多艰。余虽好修姱以鞿羁兮,謇朝谇而夕替。既替余以蕙纕兮,又申之以揽茝。亦余心之所善兮,虽九死其犹未悔。怨灵修之浩荡兮,终不察夫民心。众女嫉余之蛾眉兮,谣诼谓余以善淫。固时俗之工巧兮,偭规矩而改错。背绳墨以追曲兮,竞周容以为度。忳郁邑余侘傺兮,吾独穷困乎此时也。宁溘死以流亡兮,余不忍为此态也。鸷鸟之不群兮,自前世而固然。何方圆之能周兮,夫孰异道而相安?屈心而抑志兮,忍尤而攘诟。伏清白以死直兮,固前圣之所厚。

悔相道之不察兮,延伫乎吾将反。回朕车以复路兮,及行迷之未远。步余马于兰皋兮,驰椒丘且焉止息。进不入以离尤兮,退将复修吾初服。制芰荷以为衣兮,集芙蓉以为裳。不吾知其亦已兮,苟余情其信芳。高余冠之岌岌兮,长余佩之陆离。芳与泽其杂糅兮,唯昭质其犹未亏。忽反顾以游目兮,将往观

乎四荒。佩缤纷其繁饰兮，芳菲菲其弥章。民生各有所乐兮，余独好修以为常。虽体解吾犹未变兮，岂余心之可惩？

女嬃之婵媛兮，申申其詈予，曰鲧婞直以亡身兮，终然殀乎羽之野。汝何博謇而好修兮，纷独有此姱节？薋菉葹以盈室兮，判独离而不服。众不可户说兮，孰云察余之中情？世并举而好朋兮，夫何茕独而不予听？

依前圣以节中兮，喟凭心而历兹。济沅湘以南征兮，就重华而陈词：启《九辩》与《九歌》兮，夏康娱以自纵。不顾难以图后兮,五子用失乎家巷。羿淫游以佚畋兮,又好射夫封狐。固乱流其鲜终兮,浞又贪夫厥家。浇身被服强圉兮,纵欲而不忍。日康娱而自忘兮,厥首用夫颠陨。夏桀之常违兮,乃遂焉而逢殃。后辛之菹醢兮,殷宗用而不长。汤禹俨而祗敬兮,周论道而莫差。举贤才而授能兮,循绳墨而不颇。皇天无私阿兮,览民德焉错辅。夫维圣哲以茂行兮,苟得用此下土。瞻前而顾后兮,相观民之计极。夫孰非义而可用兮,孰非善而可服?阽余身而危死兮,览余初其犹未悔。不量凿而正枘兮,固前修以菹

醢。曾歔欷余郁邑兮，哀朕时之不当。
揽茹蕙以掩涕兮，沾余襟之浪浪。
跪敷衽以陈辞兮，耿吾既得此中
正。驷玉虬以乘鹥兮，溘埃风余上征。
朝发轫于苍梧兮，夕余至乎县圃。欲少
留此灵琐兮，日忽忽其将暮。吾令羲和
弭节兮，望崦嵫而勿迫。路曼曼其修远
兮，吾将上下而求索。饮余马于咸池
兮，总余辔乎扶桑。折若木以拂日兮，聊
逍遥以相羊。前望舒使先驱兮，后飞廉
使奔属。鸾皇为余先戒兮，雷师告余以
未具。吾令凤鸟飞腾兮，继之以日夜。
飘风屯其相离兮，帅云霓而来御。纷总

总其离合兮,斑陆离其上下。吾令帝阍开关兮,倚阊阖而望予。时暧暧其将罢兮,结幽兰而延伫。世溷浊而不分兮,好蔽美而嫉妒。

朝吾将济于白水兮,登阆风而绁马。忽反顾以流涕兮,哀高丘之无女。溘吾游此春宫兮,折琼枝以继佩。及荣华之未落兮,相下女之可诒。吾令丰隆乘云兮,求宓妃之所在。解佩纕以结言兮,吾令謇修以为理。纷总总其离合兮,忽纬繣其难迁。夕归次于穷石兮,朝濯发乎洧盘。保厥美以骄傲兮,日康娱以淫游。虽信美而无礼兮,来违弃而改求。

览相观于四极兮，周流乎天余乃下。望瑶台之偃蹇兮，见有娀之佚女。吾令鸩为媒兮，鸩告余以不好。雄鸠之鸣逝兮，余犹恶其佻巧。心犹豫而狐疑兮，欲自适而不可。凤皇既受诒兮，恐高辛之先我。

欲远集而无所止兮，聊浮游以逍遥。及少康之未家兮，留有虞之二姚。理弱而媒拙兮，恐导言之不固。世溷浊而嫉贤兮，好蔽美而称恶。闺中既以邃远兮，哲王又不寤。怀朕情而不发兮，余焉能忍而与此终古？

索藑茅以筳篿兮，命灵氛为余占

之。曰两美其必合兮,孰信修而慕之?思九州之博大兮,岂惟是其有女?曰勉远逝而无狐疑兮,孰求美而释女?何所独无芳草兮,尔何怀乎故宇?世幽昧以眩曜兮,孰云察余之善恶?民好恶其不同兮,惟此党人其独异!户服艾以盈要兮,谓幽兰其不可佩。览察草木其犹未得兮,岂珵美之能当?苏粪壤以充帏兮,谓申椒其不芳。

欲从灵氛之吉占兮,心犹豫而狐疑。巫咸将夕降兮,怀椒糈而要之。百神翳其备降兮,九疑缤其并迎。皇剡剡其扬灵兮,告余以吉故。曰勉升降以上下

兮,求矩矱之所同。汤禹俨而求合兮,挚
咎繇而能调。苟中情其好修兮,又何必
用夫行媒?说操筑于傅岩兮,武丁用而
不疑。吕望之鼓刀兮,遭周文而得举。
宁戚之讴歌兮,齐桓闻以该辅。及年岁
之未晏兮,时亦犹其未央。恐鹈鴂之先
鸣兮,使夫百草为之不芳。

何琼佩之偃蹇兮,众薆然而蔽之?
惟此党人之不谅兮,恐嫉妒而折之。时
缤纷其变易兮,又何可以淹留?兰芷变
而不芳兮,荃蕙化而为茅。何昔日之芳
草兮,今直为此萧艾也?岂其有他故兮,
莫好修之害也!余以兰为可恃兮,羌无

实而容长。委厥美以从俗兮,苟得列乎众芳。椒专佞以慢慆兮,樧又欲充夫佩帏。既干进而务入兮,又何芳之能祇?固时俗之流从兮,又孰能无变化?览椒兰其若兹兮,又况揭车与江离?惟兹佩之可贵兮,委厥美而历兹。芳菲菲而难亏兮,芬至今犹未沫。和调度以自娱兮,聊浮游而求女。及余饰之方壮兮,周流观乎上下。

灵氛既告余以吉占兮,历吉日乎吾将行。折琼枝以为羞兮,精琼爢以为粻。为余驾飞龙兮,杂瑶象以为车。何离心之可同兮,吾将远逝以自疏。邅吾

道夫昆仑兮,路修远以周流。扬云霓之
晻蔼兮,鸣玉鸾之啾啾。朝发轫于天津
兮,夕余至乎西极。凤皇翼其承旂兮,
高翱翔之翼翼。忽吾行此流沙兮,遵赤
水而容与。麾蛟龙使梁津兮,诏西皇使
涉予。路修远以多艰兮,腾众车使径
待。路不周以左转兮,指西海以为期。
屯余车其千乘兮,齐玉轪而并驰。驾八
龙之婉婉兮,载云旗之委蛇。抑志而弭
节兮,神高驰之邈邈。奏《九歌》而舞
《韶》兮,聊假日以媮乐。陟升皇之赫
戏兮,忽临睨夫旧乡。仆夫悲余马怀
兮,蜷局顾而不行。

乱曰：已矣哉！国无人莫我知兮，又何怀乎故都！既莫足与为美政兮，吾将从彭咸之所居！

九　歌
屈原

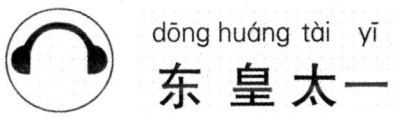
东　皇　太　一

吉日兮辰良，穆将愉兮上皇。抚长剑兮玉珥，璆锵鸣兮琳琅。瑶席兮玉瑱，盍将把兮琼芳。蕙肴蒸兮兰藉，奠桂酒兮椒浆。扬枹兮拊鼓，疏缓节兮安歌，陈竽瑟兮浩倡。灵偃蹇兮姣服，芳菲菲兮满堂。五

音纷兮繁会，君欣欣兮乐康。

云中君

浴兰汤兮沐芳，华采衣兮若英。灵连蜷兮既留，烂昭昭兮未央。蹇将憺兮寿宫，与日月兮齐光。龙驾兮帝服，聊翱游兮周章。

灵皇皇兮既降，猋远举兮云中。览冀州兮有余，横四海兮焉穷。思夫君兮太息，极劳心兮忡忡。

湘君

君不行兮夷犹，蹇谁留兮中洲？美

要眇兮宜修,沛吾乘兮桂舟。令沅湘兮无波,使江水兮安流。望夫君兮未来,吹参差兮谁思?

驾飞龙兮北征,邅吾道兮洞庭。薜荔柏兮蕙绸,荪桡兮兰旌。望涔阳兮极浦,横大江兮扬灵。扬灵兮未极,女婵媛兮为余太息。横流涕兮潺湲,隐思君兮陫侧。

桂棹兮兰枻,斲冰兮积雪。采薜荔兮水中,搴芙蓉兮木末。心不同兮媒劳,恩不甚兮轻绝!石濑兮浅浅,飞龙兮翩翩。交不忠兮怨长,期不信兮告余以不闲。

朝骋骛兮江皋，夕弭节兮北渚。鸟次兮屋上，水周兮堂下。

捐余玦兮江中，遗余佩兮澧浦。采芳洲兮杜若，将以遗兮下女。时不可兮再得，聊逍遥兮容与。

湘夫人

帝子降兮北渚，目眇眇兮愁予。袅袅兮秋风，洞庭波兮木叶下。登白薠兮骋望，与佳期兮夕张。鸟何萃兮蘋中？罾何为兮木上？

沅有茝兮澧有兰，思公子兮未敢言。荒忽兮远望，观流水兮潺湲。

麋何食兮庭中？蛟何为兮水裔？朝驰余马兮江皋，夕济兮西澨。闻佳人兮召予，将腾驾兮偕逝。筑室兮水中，葺之兮荷盖。荪壁兮紫坛，播芳椒兮成堂。桂栋兮兰橑，辛夷楣兮药房。罔薜荔兮为帷，擗蕙櫋兮既张。白玉兮为镇，疏石兰兮为芳。芷葺兮荷屋，缭之兮杜衡。合百草兮实庭，建芳馨兮庑门。九嶷缤兮并迎，灵之来兮如云。

捐余袂兮江中，遗余褋兮澧浦。搴汀洲兮杜若，将以遗兮远者。时不可兮骤得，聊逍遥兮容与。

大司命

广开兮天门,纷吾乘兮玄云。令飘风兮先驱,使冻雨兮洒尘。君回翔兮以下,逾空桑兮从女。纷总总兮九州,何寿夭兮在予!

高飞兮安翔,乘清气兮御阴阳。吾与君兮斋速,导帝之兮九坑。灵衣兮被被,玉佩兮陆离。壹阴兮壹阳,众莫知兮余所为。

折疏麻兮瑶华,将以遗兮离居。老冉冉兮既极,不寖近兮愈疏。乘龙兮辚辚,高驰兮冲天。结桂枝兮延伫,羌愈

思兮愁人。愁人兮奈何,愿若今兮无亏。固人命兮有当,孰离合兮可为?

少司命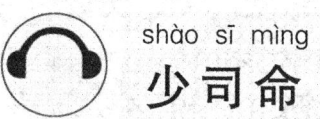

秋兰兮麋芜,罗生兮堂下。绿叶兮素枝,芳菲菲兮袭予。夫人兮自有美子,荪何以兮愁苦?

秋兰兮青青,绿叶兮紫茎。满堂兮美人,忽独与余兮目成。

入不言兮出不辞,乘回风兮载云旗。悲莫悲兮生别离,乐莫乐兮新相知。

荷衣兮蕙带,倏而来兮忽而逝。夕

宿兮帝郊，君谁须兮云之际？与女游兮九河，冲风至兮水扬波。

与女沐兮咸池，晞女发兮阳之阿。

望美人兮未来，临风怳兮浩歌。

孔盖兮翠旍，登九天兮抚彗星。

竦长剑兮拥幼艾，荪独宜兮为民正。

东君

暾将出兮东方，照吾槛兮扶桑。抚余马兮安驱，夜皎皎兮既明。驾龙辀兮乘雷，载云旗兮委蛇。长太息兮将上，心低佪兮顾怀。羌声色兮娱人，观者憺兮忘归。

絙瑟兮交鼓，箫钟兮瑶簴。鸣篪兮吹竽，思灵保兮贤姱。翾飞兮翠曾，展诗兮会舞。应律兮合节，灵之来兮蔽日。

青云衣兮白霓裳，举长矢兮射天狼。操余弧兮反沦降，援北斗兮酌桂浆。撰余辔兮高驰翔，杳冥冥兮以东行。

河伯

与女游兮九河，冲风起兮横波。乘水车兮荷盖，驾两龙兮骖螭。登昆仑兮四望，心飞扬兮浩荡。日将暮兮怅忘

归，惟极浦兮寤怀。鱼鳞屋兮龙堂，紫贝阙兮朱宫，灵何为兮水中？乘白鼋兮逐文鱼，与女游兮河之渚，流澌纷兮将来下。子交手兮东行，送美人兮南浦。波滔滔兮来迎，鱼邻邻兮媵予。

山 鬼

若有人兮山之阿，被薜荔兮带女萝。既含睇兮又宜笑，子慕予兮善窈窕。乘赤豹兮从文狸，辛夷车兮结桂旗。被石兰兮带杜衡，折芳馨兮遗所思。余处幽篁兮终不见天，路险难兮独后来。表独立兮山之上,云容容兮而在下。杳冥冥兮羌昼晦,东风飘兮神灵雨。留灵修兮憺忘归,岁既晏兮孰华予?采三秀兮于山间,石磊磊兮葛蔓蔓。怨公子兮怅忘归,君思我兮不得闲。山中人兮芳杜若,饮石泉兮荫松柏,君思我兮然疑作。雷填填兮雨冥冥,猨啾啾兮狖夜鸣。风飒飒兮木萧萧,思公子兮徒离忧。

国殇

操吾戈兮披犀甲,车错毂兮短兵接。旌蔽日兮敌若云,矢交坠兮士争

先。凌余阵兮躐余行，左骖殪兮右刃
伤。霾两轮兮絷四马，援玉枹兮击鸣
鼓。天时怼兮威灵怒，严杀尽兮弃原
野。

出不入兮往不反，平原忽兮路超
远。带长剑兮挟秦弓，首身离兮心不
惩。诚既勇兮又以武，终刚强兮不可
凌。身既死兮神以灵，魂魄毅兮为鬼
雄。

礼魂

成礼兮会鼓，传芭兮代舞。姱女
倡兮容与。春兰兮秋菊，长无绝兮终

古(gǔ)。

九章 屈原

惜诵

惜诵以致愍兮,发愤以抒情。所作忠而言之兮,指苍天以为正。令五帝以析中兮,戒六神与向服。俾山川以备御兮,命咎繇使听直。竭忠诚以事君兮,反离群而赘肬。忘儳媚以背众兮,待明君其知之。言与行其可迹兮,情与貌其不变。故相臣莫若君兮,所以证之不远。吾谊先君而后身兮,羌众人之所仇

也。专惟君而无他兮,又众兆之所雠也。壹心而不豫兮,羌不可保也。疾亲君而无他兮,有招祸之道也。

思君其莫我忠兮,忽忘身之贱贫。事君而不贰兮,迷不知宠之门。忠何罪以遇罚兮,亦非余心之所志。行不群以巅越兮,又众兆之所咍。纷逢尤以离谤兮,謇不可释也。情沉抑而不达兮,又蔽而莫之白也。心郁邑余侘傺兮,又莫察余之中情。固烦言不可结诒兮,愿陈志而无路。退静默而莫余知兮,进号呼又莫吾闻。申侘傺之烦惑兮,中闷瞀之忳忳。

昔余梦登天兮,魂中道而无杭。吾使厉神占之兮,曰有志极而无旁。终危独以离异兮,曰君可思而不可恃。故众口其铄金兮,初若是而逢殆。惩于羹者而吹齑兮,何不变此志也?欲释阶而登天兮,犹有曩之态也。众骇遽以离心兮,又何以为此伴也?同极而异路兮,又何以为此援也?晋申生之孝子兮,父信谗而不好。行婞直而不豫兮,鲧功用而不就。

吾闻作忠以造怨兮,忽谓之过言。九折臂而成医兮,吾至今而知其信然。矰弋机而在上兮,罻罗张而在下。设

张辟以娱君兮,愿侧身而无所。欲儃佪以干傺兮,恐重患而离尤。欲高飞而远集兮,君罔谓女何之?欲横奔而失路兮,坚志而不忍。背膺牉以交痛兮,心郁结而纡轸。捣木兰以矫蕙兮,糳申椒以为粮。播江离与滋菊兮,愿春日以为糗芳。恐情质之不信兮,故重著以自明。矫兹媚以私处兮,愿曾思而远身。

涉江

余幼好此奇服兮,年既老而不衰。带长铗之陆离兮,冠切云之崔嵬。被明月兮珮宝璐。世溷浊而莫余知兮,吾方高驰而不顾。驾青虬兮骖白螭,吾与重华游兮瑶之圃。登昆仑兮食玉英,与天地兮同寿,与日月兮齐光。哀南夷之莫吾知兮,旦余济乎江湘。

乘鄂渚而反顾兮,欸秋冬之绪风。步余马兮山皋,邸余车兮方林。乘舲船余上沅兮,齐吴榜以击汰。船容与而不进兮,淹回水而凝滞。朝发枉陼兮,夕宿辰阳。苟余心其端直兮,虽僻远之何伤!

入溆浦余儃佪兮,迷不知吾所如。深林杳以冥冥兮,乃猿狖之所居。山峻高以蔽日兮,下幽晦以多雨。霰雪纷其

无垠兮，云霏霏而承宇。哀吾生之无乐兮，幽独处乎山中。吾不能变心而从俗兮，固将愁苦而终穷。

接舆髡首兮，桑扈裸行。忠不必用兮，贤不必以。伍子逢殃兮，比干菹醢。与前世而皆然兮，吾又何怨乎今之人！余将董道而不豫兮，固将重昏而终身。

乱曰：鸾鸟凤皇，日以远兮。燕雀乌鹊，巢堂坛兮。露申辛夷，死林薄兮。腥臊并御，芳不得薄兮。阴阳易位，时不当兮。怀信侘傺，忽乎吾将行兮。

哀郢

皇天之不纯命兮,何百姓之震愆?民离散而相失兮,方仲春而东迁。去故乡而就远兮,遵江夏以流亡。出国门而轸怀兮,甲之朝吾以行。发郢都而去闾兮,怊荒忽其焉极?楫齐扬以容与兮,哀见君而不再得。望长楸而太息兮,涕淫淫其若霰。过夏首而西浮兮,顾龙门而不见。心婵媛而伤怀兮,眇不知其所蹠。顺风波以从流兮,焉洋洋而为客。凌阳侯之泛滥兮,忽翱翔之焉薄?心絓结而不解兮,思蹇产而不释。将运舟而

下浮兮，上洞庭而下江。去终古之所居兮，今逍遥而来东。羌灵魂之欲归兮，何须臾而忘反！背夏浦而西思兮，哀故都之日远。登大坟以远望兮，聊以舒吾忧心。哀州土之平乐兮，悲江介之遗风。当陵阳之焉至兮，淼南渡之焉如？曾不知夏之为丘兮，孰两东门之可芜？

心不怡之长久兮，忧与愁其相接。惟郢路之辽远兮，江与夏之不可涉。忽若去不信兮，至今九年而不复。惨郁郁而不通兮，蹇侘傺而含戚。外承欢之汋约兮，谌荏弱而难持。

忠湛湛而愿进兮,妒被离而鄣之。尧舜之抗行兮,瞭杳杳而薄天。众谗人之嫉妒兮,被以不慈之伪名。憎愠㦗之修美兮,好夫人之慷慨。众踥蹀而日进兮,美超远而逾迈。

乱曰:曼余目以流观兮,冀壹反之何时?鸟飞反故乡兮,狐死必首丘。信非吾罪而弃逐兮,何日夜而忘之?

抽 思

心郁郁之忧思兮,独永叹乎增伤。思蹇产之不释兮,曼遭夜之方长。悲秋风之动容兮,何回极之浮浮!数惟荪之

多怒兮,伤余心之忧忧。愿摇起而横奔兮,览民尤以自镇。结微情以陈辞兮,矫以遗夫美人。

昔君与我成言兮,曰黄昏以为期。羌中道而回畔兮,反既有此他志。憍吾以其美好兮,览余以其修姱。与余言而不信兮,盖为余而造怒。愿承间而自察兮,心震悼而不敢。悲夷犹而冀进兮,心怛伤之憺憺。

兹历情以陈辞兮,荪详聋而不闻。固切人之不媚兮,众果以我为患。初吾所陈之耿著兮,岂至今其庸亡?何独乐斯之蹇蹇兮,愿荪美之可完。望三五以

为像兮,指彭咸以为仪。夫何极而不至兮,故远闻而难亏。善不由外来兮,名不可以虚作。孰无施而有报兮,孰不实而有获?

少歌曰:与美人抽怨兮,并日夜而无正。骄吾以其美好兮,敖朕辞而不听。

倡曰:有鸟自南兮,来集汉北。好夸佳丽兮,牉独处此异域。既惸独而不群兮,又无良媒在其侧。道卓远而日忘兮,愿自申而不得。望北山而流涕兮,临流水而太息。望孟夏之短夜兮,何晦明之若岁!惟郢路之辽远兮,魂一夕而

九逝。曾不知路之曲直兮，南指月与列星。愿径逝而不得兮，魂识路之营营。何灵魂之信直兮，人之心不与吾心同！理弱而媒不通兮，尚不知余之从容。

乱曰：长濑湍流，溯江潭兮。狂顾南行，聊以娱心兮。轸石崴嵬，蹇吾愿兮。超回志度，行隐进兮。低徊夷犹，宿北姑兮。烦冤瞀容，实沛徂兮。愁叹苦神，灵遥思兮。路远处幽，又无行媒兮。道思作颂，聊以自救兮。忧心不遂，斯言谁告兮！

怀 沙

滔滔孟夏兮，草木莽莽。伤怀永哀兮，汩徂南土。眴兮杳杳，孔静幽默。郁结纡轸兮，离慜而长鞠。抚情效志兮，冤屈而自抑。

刓方以为圜兮，常度未替。易初本迪兮，君子所鄙。章画志墨兮，前图未改。内厚质正兮，大人所盛。巧倕不斲兮，孰察其拨正。玄文处幽兮，矇瞍谓之不章。离娄微睇兮，瞽以为无明。变白以为黑兮，倒上以为下。凤皇在笯兮，鸡鹜翔舞。同糅玉石兮，一概而相量。夫惟党人鄙固兮，羌不知余之所藏。

任重载盛兮，陷滞而不济。怀瑾握瑜兮，穷不知所示。邑犬群吠兮，吠所怪也。非俊疑杰兮，固庸态也。文质疏内兮，众不知余之异采。材朴委积兮，莫知余之所有。重仁袭义兮，谨厚以为丰。重华不可遻兮，孰知余之从容？古固有不并兮，岂知其何故？汤禹久远兮，邈而不可慕。惩违改忿兮，抑心而自强。离慜而不迁兮，愿志之有像。进路北次兮，日昧昧其将暮。舒忧娱哀兮，限之以大故。

乱曰：浩浩沅湘，分流汩兮；修路幽蔽，道远忽兮。怀质抱情，独无匹兮；伯乐既没，骥焉程兮？民生禀命，各有所错兮；定心广志，余何畏惧兮！曾伤爰哀，永叹喟兮；世溷浊莫吾知，人心不可谓兮。知死不可让，愿勿爱兮；明告君子，吾将以为类兮。

思美人

思美人兮，揽涕而伫眙。媒绝路阻兮，言不可结而诒。蹇蹇之烦冤兮，陷滞而不发。申旦以舒中情兮，志沉菀而莫达。愿寄言于浮云兮，遇丰隆而不

将。因归鸟而致辞兮，羌迅高而难当。
高辛之灵盛兮，遭玄鸟而致诒。欲变节以从俗兮，愧易初而屈志。独历年而离愍兮，羌冯心犹未化。宁隐闵而寿考兮，何变易之可为！知前辙之不遂兮，未改此度。车既覆而马颠兮，蹇独怀此异路。勒骐骥而更驾兮，造父为我操之。迁逡次而勿驱兮，聊假日以须时。指嶓冢之西隈兮，与纁黄以为期。

开春发岁兮，白日出之悠悠。吾将荡志而愉乐兮，遵江夏以娱忧。揽大薄之芳茝兮，搴长洲之宿莽。惜吾不及古人兮，吾谁与玩此芳草？解萹薄与杂菜兮，备以为交佩。佩缤纷以缭转兮，遂萎绝而离异。吾且儃佪以娱忧兮，观南人之变态。窃快在其中心兮，扬厥凭而不俟。芳与泽其杂糅兮，羌芳华自中出。纷郁郁其远蒸兮，满内而外扬。情与质信可保兮，羌居蔽而闻章。

令薛荔以为理兮，惮举趾而缘木。因芙蓉而为媒兮，惮褰裳而濡足。登高吾不说兮，入下吾不能。固朕形之不服兮，然容与而狐疑。广遂前画兮，未改此度也。命则处幽吾将罢兮，愿及白日之未暮也。独茕茕而南行兮，思彭咸之故也。

惜往日

惜往日之曾信兮,受命诏以昭时。
奉先功以照下兮,明法度之嫌疑。国富
强而法立兮,属贞臣而日娭。秘密事之
载心兮,虽过失犹弗治。心纯厖而不泄
兮,遭谗人而嫉之。君含怒而待臣兮,
不清澈其然否。蔽晦君之聪明兮,虚惑
误又以欺。弗参验以考实兮,远迁臣而
弗思。信谗谀之溷浊兮,盛气志而过
之。

何贞臣之无罪兮,被离谤而见尤!
惭光景之诚信兮,身幽隐而备之。临

沅湘之玄渊兮,遂自忍而沉流。卒没身而绝名兮,惜壅君之不昭。君无度而弗察兮,使芳草为薮幽。焉舒情而抽信兮,恬死亡而不聊。独鄣壅而蔽隐兮,使贞臣为无由。

闻百里之为虏兮,伊尹烹于庖厨。吕望屠于朝歌兮,宁戚歌而饭牛。不逢汤武与桓缪兮,世孰云而知之!吴信谗而弗味兮,子胥死而后忧。介子忠而立枯兮,文君寤而追求。封介山而为之禁兮,报大德之优游。思久故之亲身兮,因缟素而哭之。

或忠信而死节兮,或訑谩而不疑。

弗省察而按实兮，听谗人之虚辞。芳与泽其杂糅兮，孰申旦而别之？何芳草之早夭兮，微霜降而下戒。谅聪不明而蔽壅兮，使谗谀而日得。

自前世之嫉贤兮，谓蕙若其不可佩。妒佳冶之芬芳兮，嫫母姣而自好。虽有西施之美容兮，谗妒入以自代。愿陈情以白行兮，得罪过之不意。情冤见之日明兮，如列宿之错置。乘骐骥而驰骋兮，无辔衔而自载。乘泛泭以下流兮，无舟楫而自备。背法度而心治兮，辟与此其无异。宁溘死而流亡兮，恐祸殃之有再。不毕辞而赴渊兮，惜壅君之不识。

橘颂

后皇嘉树,橘徕服兮。受命不迁,生南国兮。深固难徙,更壹志兮。绿叶素荣,纷其可喜兮。曾枝剡棘,圆果抟兮。青黄杂糅,文章烂兮。精色内白,类任道兮。纷缊宜修,姱而不丑兮。

嗟尔幼志,有以异兮。独立不迁,岂不可喜兮。深固难徙,廓其无求兮。苏世独立,横而不流兮。闭心自慎,不终失过兮。秉德无私,参天地兮。愿岁并谢,与长友兮。淑离不淫,梗其有理兮。年

suì suī shào　　kě shī zhǎng xī　　xíng bǐ bó yí　　zhì yǐ wéi xiàng
岁虽少，可师长兮。行比伯夷，置以为像
xī
兮。

bēi huí fēng
悲回风

　　bēi huí fēng zhī yáo huì xī　　xīn yuān jié ér nèi shāng
悲回风之摇蕙兮，心冤结而内伤。
wù yǒu wēi ér yǔn xìng xī　　shēng yǒu yǐn ér xiān chàng　　fú
物有微而陨性兮，声有隐而先倡。夫
hé péng xián zhī zào sī xī　　jì zhì jiè ér bú wàng　　wàn biàn
何彭咸之造思兮，暨志介而不忘！万变
qí qíng qǐ kě gài xī　　shú xū wěi zhī kě cháng
其情岂可盖兮，孰虚伪之可长！

　　niǎo shòu míng yǐ háo qún xī　　cǎo chá bǐ ér bù fāng
鸟兽鸣以号群兮，草苴比而不芳。
yú qì lín yǐ zì bié xī　　jiāo lóng yǐn qí wén zhāng　　gù tú
鱼葺鳞以自别兮，蛟龙隐其文章。故荼
jì bù tóng mǔ xī　　lán zhǐ yōu ér dú fāng　　wéi jiā rén zhī
荠不同亩兮，兰茝幽而独芳。惟佳人之
yǒng dū xī　　gēng tǒng shì ér zì kuàng　　miǎo yuǎn zhì zhī suǒ jí
永都兮，更统世而自贶。眇远志之所及
xī　　lián fú yún zhī xiāng yáng　　jiè miǎo zhì zhī suǒ huò xī
兮，怜浮云之相羊。介眇志之所惑兮，

窃赋诗之所明。

惟佳人之独怀兮,折若椒以自处。曾歔欷之嗟嗟兮,独隐伏而思虑。涕泣交而凄凄兮,思不眠以至曙。终长夜之曼曼兮,掩此哀而不去。寤从容以周流兮,聊逍遥以自恃。伤太息之愍怜兮,气於邑而不可止。

纠思心以为纕兮,编愁苦以为膺。折若木以蔽光兮,随飘风之所仍。存仿佛而不见兮,心踊跃其若汤。抚珮衽以案志兮,超惘惘而遂行。

岁忽忽其若颓兮,时亦冉冉而将至。薠蘅槁而节离兮,芳以歇而不比。怜思

心之不可惩兮,证此言之不可聊。宁溘死而流亡兮,不忍此心之常愁。孤子吟而抆泪兮,放子出而不还。孰能思而不隐兮,照彭咸之所闻。

登石峦以远望兮,路眇眇之默默。入景响之无应兮,闻省想而不可得。愁郁郁之无快兮,居戚戚而不可解。心鞿羁而不开兮,气缭转而自缔。穆眇眇之无垠兮,莽芒芒之无仪。声有隐而相感兮,物有纯而不可为。邈蔓蔓之不可量兮,缥绵绵之不可纡。愁悄悄之常悲兮,翩冥冥之不可娱。凌大波而流风兮,托彭咸之所居。

上高岩之峭岸兮,处雌蜺之标颠。据青冥而摅虹兮,遂倏忽而扪天。吸湛露之浮凉兮,漱凝霜之雰雰。依风穴以自息兮,忽倾寤以婵媛。冯昆仑以瞰雾兮,隐岷山以清江。惮涌湍之礚礚兮,听波声之汹汹。纷容容之无经兮,罔芒芒之无纪。轧洋洋之无从兮,驰委移之焉止。漂翻翻其上下兮,翼遥遥其左右。泛潏潏其前后兮,伴张弛之信期。观炎气之相仍兮,窥烟液之所积。悲霜雪之俱下兮,听潮水之相击。借光景以往来兮,施黄棘之枉策。求介

子之所存兮，见伯夷之放迹。心调度而弗去兮，刻著志之无适。

曰：吾怨往昔之所冀兮，悼来者之悐悐。浮江淮而入海兮，从子胥而自适。望大河之洲渚兮，悲申徒之抗迹。骤谏君而不听兮，重任石之何益！心䋺结而不解兮，思蹇产而不释。

卜居 屈原

屈原既放，三年不得复见，竭知尽忠，而蔽鄣于谗，心烦虑乱，不知所从。

乃往见太卜郑詹尹曰："余有所疑,愿因先生决之。"詹尹乃端策拂龟曰："君将何以教之？"

屈原曰："吾宁悃悃款款,朴以忠乎？将送往劳来,斯无穷乎？宁诛锄草茅,以力耕乎？将游大人,以成名乎？宁正言不讳,以危身乎？将从俗富贵,以媮生乎？宁超然高举,以保真乎？将哫訾栗斯,喔咿嚅唲,以事妇人乎？宁廉洁正直,以自清乎？将突梯滑稽,如脂如韦,以洁楹乎？宁昂昂若千里之驹乎？将泛泛若水中之凫乎？与波上下,偷以全吾躯乎？宁与骐骥亢轭乎？将

随驽马之迹乎？宁与黄鹄比翼乎？将与鸡鹜争食乎？此孰吉孰凶？何去何从？世溷浊而不清！蝉翼为重，千钧为轻；黄钟毁弃，瓦釜雷鸣；谗人高张，贤士无名。吁嗟默默兮，谁知吾之廉贞？"

詹尹乃释策而谢曰："夫尺有所短，寸有所长，物有所不足，智有所不明，数有所不逮，神有所不通。用君之心，行君之意，龟策诚不能知事。"

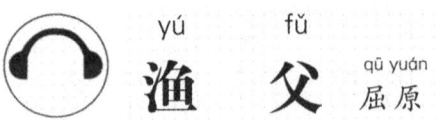

渔父
屈原

屈原既放，游于江潭，行吟泽畔，颜

色憔悴,形容枯槁。渔父见而问之曰:"子非三闾大夫与?何故至于斯?"

屈原曰:"举世皆浊我独清,众人皆醉我独醒,是以见放。"

渔父曰:"圣人不凝滞于物,而能与世推移。世人皆浊,何不淈其泥而扬其波?众人皆醉,何不铺其糟而歠其醨?何故深思高举,自令放为?"

屈原曰:"吾闻之,新沐者必弹冠,新浴者必振衣;安能以身之察察,受物之汶汶者乎!宁赴湘流,葬于江鱼之腹中。安能以皓皓之白,而蒙世俗之尘埃乎!"

渔父莞尔而笑,鼓枻而去。乃歌曰:

"沧浪之水清兮,可以濯吾缨;沧浪之水浊兮,可以濯吾足。"遂去,不复与言。

九辩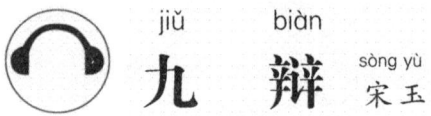

宋玉

悲哉秋之为气也!萧瑟兮草木摇落而变衰。憭栗兮若在远行,登山临水兮送将归。

泬寥兮天高而气清,寂寥兮收潦而水清。憯凄增欷兮薄寒之中人。怆恍懭悢兮去故而就新,坎廪兮贫士失职而志不平。廓落兮羁旅而无友生,惆怅

兮而私自怜。

燕翩翩其辞归兮,蝉寂漠而无声;雁雍雍而南游兮,鹍鸡啁哳而悲鸣。独申旦而不寐兮,哀蟋蟀之宵征。时亹亹而过中兮,蹇淹留而无成。

悲忧穷戚兮独处廓,有美一人兮心不绎。去乡离家兮徕远客,超逍遥兮今焉薄!

专思君兮不可化,君不知兮可奈何!蓄怨兮积思,心烦憺兮忘食事。愿一见兮道余意,君之心兮与余异。车既驾兮朅而归,不得见兮心伤悲。

倚结轸兮长太息,涕潺湲兮下沾

轼。慷慨绝兮不得,中瞀乱兮迷惑。私自怜兮何极?心怦怦兮谅直。

皇天平分四时兮,窃独悲此廪秋。白露既下百草兮,奄离披此梧楸。去白日之昭昭兮,袭长夜之悠悠。离芳蔼之方壮兮,余萎约而悲愁。

秋既先戒以白露兮,冬又申之以严霜。收恢台之孟夏兮,然欿傺而沉藏。叶菸邑而无色兮,枝烦挐而交横。颜淫溢而将罢兮,柯仿佛而萎黄。萷櫹椮之可哀兮,形销铄而瘀伤。惟其纷糅而将落兮,恨其失时而无当。揽骐辔而下节兮,聊逍遥以相佯。岁忽忽而遒尽兮,

恐余寿之弗将。

悼余生之不时兮，逢此世之俇攘。

澹容与而独倚兮，蟋蟀鸣此西堂。心怵惕而震荡兮，何所忧之多方！仰明月而太息兮，步列星而极明。

窃悲夫蕙华之曾敷兮，纷旖旎乎都房。何曾华之无实兮，从风雨而飞飏！

以为君独服此蕙兮，羌无以异于众芳。

闵奇思之不通兮，将去君而高翔。

心闵怜之惨凄兮，愿一见而有明。重无怨而生离兮，中结轸而增伤。

岂不郁陶而思君兮，君之门以九重！

猛犬狺狺而迎吠兮，关梁闭而不通。

皇天淫溢而秋霖兮，后土何时而得
漧？块独守此无泽兮，仰浮云而永叹！
何时俗之工巧兮，背绳墨而改错？
却骐骥而不乘兮，策驽骀而取路。当世
岂无骐骥兮，诚莫之能善御。见执辔者
非其人兮，故騑跳而远去。凫雁皆唼夫
梁藻兮，凤愈飘翔而高举。
圆凿而方枘兮，吾固知其鉏铻而难
入。众鸟皆有所登栖兮，凤独遑遑而
无所集。愿衔枚而无言兮，尝被君之渥
洽。太公九十乃显荣兮，诚未遇其匹合。
谓骐骥兮安归？谓凤皇兮安栖？
变古易俗兮世衰，今之相者兮举肥。骐

骥伏匿而不见兮,凤皇高飞而不下。鸟兽犹知怀德兮,何云贤士之不处?

骥不骤进而求服兮,凤亦不贪馁而妄食。君弃远而不察兮,虽愿忠其焉得?欲寂漠而绝端兮,窃不敢忘初之厚德。独悲愁其伤人兮,冯郁郁其何极?

霜露惨凄而交下兮,心尚幸其弗济;霰雪雰糅其增加兮,乃知遭命之将至。愿徼幸而有待兮,泊莽莽与野草同死。

愿自往而径游兮,路壅绝而不通;欲循道而平驱兮,又未知其所从。然中路而迷惑兮,自压按而学诵。性愚陋以褊浅兮,信未达乎从容。窃美申包胥之

气盛兮,恐时世之不固。
何时俗之工巧兮,灭规矩而改凿!
独耿介而不随兮,愿慕先圣之遗教。处
浊世而显荣兮,非余心之所乐。与其无
义而有名兮,宁穷处而守高。
食不媮而为饱兮,衣不苟而为温。
窃慕诗人之遗风兮,愿托志乎素餐。蹇
充倔而无端兮,泊莽莽而无垠。无衣
裘以御冬兮,恐溘死不得见乎阳春。
靓杪秋之遥夜兮,心缭悷而有哀。
春秋逴逴而日高兮,然惆怅而自悲。四
时递来而卒岁兮,阴阳不可与俪偕。
白日晼晚其将入兮,明月销铄而减

毁。岁忽忽而遒尽兮,老冉冉而愈弛。心摇悦而日幸兮,然怊怅而无冀。中憯恻之凄怆兮,长太息而增欷。

年洋洋以日往兮,老嶚廓而无处。事亹亹而觊进兮,蹇淹留而踌躇。

何泛滥之浮云兮,猋壅蔽此明月。忠昭昭而愿见兮,然霠曀而莫达。愿皓日之显行兮,云蒙蒙而蔽之。窃不自料而愿忠兮,或黕点而污之。

尧舜之抗行兮,瞭冥冥而薄天。何险巇之嫉妒兮,被以不慈之伪名?彼日月之照明兮,尚黗黡而有瑕;何况一国之事兮,亦多端而胶加。

被荷裯之晏晏兮,然潢洋而不可带。既骄美而伐武兮,负左右之耿介。憎愠忡之修美兮,好夫人之忼慨。众踥蹀而日进兮,美超远而逾迈。农夫辍耕而容与兮,恐田野之芜秽。事绵绵而多私兮,窃悼后之危败。世雷同而炫曜兮,何毁誉之昧昧!

今修饰而窥镜兮,后尚可以䆸藏。愿寄言夫流星兮,羌倏忽而难当。卒壅蔽此浮云兮,下暗漠而无光。尧舜皆有所举任兮,故高枕而自适。谅无怨于天下兮,心焉取此怵惕?乘骐骥之浏浏兮,驭安用夫强策?谅

城郭之不足恃兮,虽重介之何益?
䢦翼翼而无终兮,忳惽惽而愁约。
生天地之若过兮,功不成而无效。愿
沉滞而不见兮,尚欲布名乎天下。然
潢洋而不遇兮,直怐愁而自苦。
莽洋洋而无极兮,忽翱翔之焉薄?
国有骥而不知乘兮,焉皇皇而更索?
宁戚讴于车下兮,桓公闻而知之。无伯
乐之善相兮,今谁使乎誉之?罔流涕以
聊虑兮,惟著意而得之。纷纯纯之愿忠
兮,妒被离而障之。
愿赐不肖之躯而别离兮,放游志乎
云中。乘精气之抟抟兮,骛诸神之湛

湛。骖白霓之习习兮,历群灵之丰丰。左朱雀之茇茇兮,右苍龙之躣躣。属雷师之阗阗兮,通飞廉之衙衙。前轻辌之锵锵兮,后辎乘之从从。载云旗之委蛇兮,扈屯骑之容容。计专专之不可化兮,愿遂推而为臧。赖皇天之厚德兮,还及君之无恙。

招魂
屈原

朕幼清以廉洁兮,身服义而未沬。主此盛德兮,牵于俗而芜秽。上无所考此盛德兮,长离殃而愁苦。帝告巫阳曰:"有人在下,我欲辅之。魂魄离散,汝筮予之。"巫阳对曰:"掌梦,上帝其难从。若必筮予之,恐后之谢,不能复用。"

巫阳焉乃下招曰:魂兮归来!去君之恒干,何为乎四方些?舍君之乐处,而离彼不祥些。

魂兮归来!东方不可以托些。长人千仞,惟魂是索些。十日代出,流金铄石些。彼皆习之,魂往必释些。归来归来!不可以托些。

魂兮归来!南方不可以止些。雕题黑齿,得人肉以祀,以其骨为醢些。

蝮蛇蓁蓁，封狐千里些。雄虺九首，往来倏忽，吞人以益其心些。归来归来！不可以久淫些。

魂兮归来！西方之害，流沙千里些。旋入雷渊，麋散而不可止些。幸而得脱，其外旷宇些。赤蚁若象，玄蜂若壶些。五谷不生，藂菅是食些。其土烂人，求水无所得些。彷徉无所倚，广大无所极些。归来归来！恐自遗贼些。

魂兮归来！北方不可以止些。增冰峨峨，飞雪千里些。归来归来！不可以久些。

魂兮归来！君无上天些。虎豹九

关，啄害下人些。一夫九首，拔木九千些。豺狼从目，往来侁侁些。悬人以娭，投之深渊些。致命于帝，然后得瞑些。归来归来！往恐危身些。

魂兮归来！君无下此幽都些。土伯九约，其角觺觺些。敦脄血拇，逐人駓駓些。参目虎首，其身若牛些。此皆甘人。归来归来！恐自遗灾些。

魂兮归来！入修门些。工祝招君，背行先些。秦篝齐缕，郑绵络些。招具该备，永啸呼些。魂兮归来！反故居些。

天地四方，多贼奸些。像设君室，

静闲安些。

高堂邃宇,槛层轩些。层台累榭,临高山些。网户朱缀,刻方连些。冬有突厦,夏室寒些。川谷径复,流潺湲些。

光风转蕙,泛崇兰些。

经堂入奥,朱尘筵些。砥室翠翘,挂曲琼些。翡翠珠被,烂齐光些。蒻阿拂壁,罗帱张些。纂组绮缟,结琦璜些。

室中之观,多珍怪些。兰膏明烛,华容备些。二八侍宿,射递代些。九侯淑女,多迅众些。盛鬋不同制,实满宫些。容态好比,顺弥代些。弱颜固植,謇其有意些。姱容修态，絙洞房些。蛾眉曼睩，目腾光些。靡颜腻理，遗视矊些。离榭修幕，侍君之闲些。

翡帷翠帐，饰高堂些。红壁沙版，玄玉梁些。仰观刻桷，画龙蛇些。坐堂伏槛，临曲池些。芙蓉始发，杂芰荷些。紫茎屏风，文缘波些。文异豹饰，侍陂陁些。轩辌既低，步骑罗些。兰薄户树，琼木篱些。魂兮归来！何远为些？

室家遂宗，食多方些。稻粢穱麦，挐黄粱些。大苦咸酸，辛甘行些。肥牛之腱，臑若芳些。和酸若苦，陈吴羹些。胹鳖炮羔，有柘浆些。鹄酸臇凫，煎鸿

鸧些。露鸡臛蠵，厉而不爽些。粔籹蜜饵，有伥餭些。瑶浆蜜勺，实羽觞些。挫糟冻饮，酎清凉些。华酌既陈，有琼浆些。归反故室，敬而无妨些。

肴羞未通，女乐罗些。陈钟按鼓，造新歌些。《涉江》《采菱》，发《扬荷》些。美人既醉，朱颜酡些。娭光眇视，目曾波些。被文服纤，丽而不奇些。长发曼鬋，艳陆离些。二八齐容，起郑舞些。衽若交竿，抚案下些。竽瑟狂会，搷鸣鼓些。宫庭震惊，发《激楚》些。吴歈蔡讴，奏大吕些。士女杂坐，乱而不分些。放陈组缨，班其相纷些。郑卫妖玩,来杂陈些。《激楚》之结,独秀先些。
菎蔽象棋,有六博些。分曹并进,
遒相迫些。成枭而牟,呼五白些。晋制
犀比,费白日些。铿钟摇簴,揳梓瑟些。
娱酒不废,沉日夜些。兰膏明烛,华镫
错些。结撰至思,兰芳假些。人有所
极,同心赋些。酎饮尽欢,乐先故些。
魂兮归来!反故居些。

乱曰:献岁发春兮汩吾南征,菉蘋齐
叶兮白芷生。路贯庐江兮左长薄,倚
沼畦瀛兮遥望博。
青骊结驷兮齐千乘,悬火延起兮玄
颜烝。步及骤处兮诱骋先,抑骛若通兮

引车右还。与王趋梦兮课后先。君王亲发兮惮青兕。

朱明承夜兮时不可淹,皋兰被径兮斯路渐。湛湛江水兮上有枫,目极千里兮伤春心。魂兮归来哀江南!